Leg nieder dein Herz

Außerdem von Hermann Schulz im Carlsen Verlag:

› Auf dem Strom
› Iskender
› Sonnennebel
› Flucht durch den Winter
› Zurück nach Kilimatinde
› Schluss mit lustig!

Hermann Schulz

Leg nieder dein Herz

CARLSEN

Erster Teil

Zweiter Teil

Dritter Teil

Erster Teil

Dann fängst du an Spuren zu suchen

Im Mai 2002 hatte ich in der trostlosen Steppe westlich von Dodoma meinen Vater beerdigt. Ich dachte, mit dem Tod meines Alten wäre das Kapitel Afrika für mich endgültig abgeschlossen. Aber damit lag ich völlig falsch. Ich war immer noch aufgewühlt und empört über die Art seines Abgangs. Während ich schlief, hatte er sich im Nebenzimmer die Kugel gegeben.

Er war auch sonst nicht gerade der Typ, an den man sich liebevoll erinnert.

Nach einer Reise mit so einem heftigen Höhepunkt bist du einfach nicht mehr derselbe. Du hast mit deinem Vater geredet, hast dir seine Geschichten angehört und gerade angefangen ihn zu mögen; und dann bleiben dir nur Beerdigung und Heimreise! Damit klarzukommen, gelang mir nicht. Ich legte mir ein paar Theorien zurecht, um seinen Tod zu begreifen: *Depressionen, Männerabschied nach dem Scheitern einer Ehe, Erkenntnis seines fatalen Krankheitszustands* und ähnlichen Unsinn. Monatelang versuchte ich vergeblich herauszufinden, was er mir eigentlich hinterlassen hatte. Deprimiert gestand ich mir ein, dass bei ihm alles irgendwie *stärker* gewesen war als bei mir. Er hatte sich nie um Karriere oder Geld gekümmert, hatte einfach sein Ding durchgezogen. Sein Ding, das war für ihn Afrika und das Leben als Missionar. Dass er auch Trümmer und Scherben hinterlassen hat, ist eine andere Sache.

Ich merkte sehr schnell, dass es besser war, in meinem Freundeskreis nicht über meine Grübeleien zu sprechen. Beim Versuch, jemandem das Problem zu erklären, scheiterst du garantiert. Und dann fängst du an, in der Familiengeschichte Spuren zu suchen, ob du vielleicht auch anfällig bist für Depressionen, Selbstmord und religiöse Spinnereien.

Meine Sicherheit war hin, das machte mich verdammt nervös. Es war höchste Zeit, etwas zu unternehmen. Irgendwas! Ich musste dringend aus diesem fatalen Loch heraus.

Es war mein Kollege Stefano, der mir ein obskures Blättchen mit einer rot angestrichenen Kleinanzeige auf meinen Schreibtisch in der Redaktion gelegt hatte. An den Rand hatte er geschrieben: »Für Nick, den Afrika-Freak! Gefundenes Fressen für dich, oder? Hoffentlich bezahlen die frommen Männer auch!«

Eine Missionsgesellschaft in einem Ort namens Ludwigslust suchte einen Autor für die Lebensgeschichte einer Missionarin, die zehn Jahre im Dienste der Mission und davon acht Jahre lang in Afrika an »vorderster Front« gearbeitet hatte. Sie war vor einigen Monaten »tragisch« ums Leben gekommen. Ich hatte den Namen dieser Mission noch nie gehört und konnte mir unter dem Auftrag auch nichts Rechtes vorstellen. Also rief ich ohne lange zu überlegen an. Die Sekretärin am anderen Ende der Leitung sprach mit mir, als habe sie meinen Anruf erwartet oder als sei ich ein bekannter Autor – und nicht ein Zeitungsvolontär von zwanzig Jahren. Vielleicht hatte ich zufällig den richtigen Ton getroffen; Telefone sind, das weiß jeder Journalist, für Täuschungsmanöver ideal!

Ich möge doch bitte mit dem Zug auf ihre Kosten (»Leider nur zweite Klasse, Herr Geldermann. Oder dreißig Cent Kilometergeld!«) nach Ludwigslust kommen, »um alles mit unseren Herren zu besprechen«. Sie hatte keine weiteren Fragen an mich und wir legten einen Termin fest. Für mich konnte ein solcher Auftrag ein Ausweg sein; die Chance, beruflich ein Stück voranzukommen, die alten Gleise zu verlassen, mich vielleicht als Autor zu beweisen und vor allem: mich endlich von den Gedanken an meinen Vater zu lösen ... Meine Bedenken, ob man mich überhaupt nehmen würde, weil ich außer meinen Artikeln in der *Rundschau* und einem Viertelstundenfeature im *Westdeutschen Rundfunk* kaum etwas vorweisen konnte, unterdrückte ich, ebenso meine Zweifel, ob ich mit einem Lebensbild über eine Art *Mutter Theresa* in Kleinformat meine Freunde und den Rest der Welt in Erstaunen versetzen würde. Als Argument, um den Auftrag zu bekommen, konnte ich ins Feld führen, ich sei ja selbst in Afrika als Sohn eines Missionars geboren worden.

Obwohl das im Grunde gar nichts bedeutete. Wenn diese Leute genauer darüber nachdachten, wäre das eher ein Grund misstrauisch zu werden. Denn Missionarskinder gehen häufig zur frommen Welt ihrer Eltern gehörig auf Distanz! Kinder von Säufern mieten sich ja auch selten Zimmer in den Stammkneipen ihrer Eltern ...

Aber vielleicht hatte ich Glück!

Meine Mutter, der ich am Telefon von der Sache erzählte, drängte darauf, ich solle mir unbedingt für das Gespräch einen ordentlichen Anzug kaufen.

»Nun hör mal *ausnahmsweise* auf mich! Ich kenne mich da aus. Notfalls leihe ich dir das Geld.«

Ich war gerührt von ihrem Interesse, hatten wir doch seit Monaten kaum miteinander gesprochen. Obwohl es schließlich ihr geschiedener Mann war, den ich da in Afrika unter die Erde gebracht hatte ...

Ich kaufte den Anzug. Vermutlich weil ich mich innerlich darauf einstellte, für die notwendigen Recherchen monatelang in den frömmsten Kreisen zu verkehren. Nun kannte ich fromme Betbrüder und vor allem Missionare zur Genüge, in meiner frühen Kindheit war ich von ihnen umzingelt und jahrelang religiösen Härtetests unterworfen gewesen. Als Mama wieder heiratete, und zwar einen Steuerberater, wurde das Leben für mich erträglicher. Was diesen Punkt angeht, wenigstens.

Ich fuhr gut gerüstet nach Ludwigslust, um mich für den Auftrag zu bewerben. Ob mich die *Rundschau* für diese Arbeit freistellen würde, interessierte mich in dem Augenblick noch nicht.

Eine dicke freundliche Frau mit Krankenschwesternschuhen hatte mich in einen dunklen Raum geführt. Ihre Schritte knallten auf dem Fliesenboden wie Hammerschläge. Die Fenster ließen ein wenig von dem gelblichen Spätsommerlicht herein. Draußen standen alte Linden. Ich hörte das Rauschen der Blätter und betrachtete die Folianten und vergilbten Ordner in den Regalen, die fast alle Wände bedeckten und Geheimnisvolles ausstrahlten. Neben der Tür hing hinter Glas in einem schmucklosen Rahmen das Foto eines bärtigen jungen Mannes aus alten Tagen, das erkannte man an seinem Hemdkragen.

Er hat gütige Augen, dachte ich. Vielleicht war er einer der Vorzeige-Märtyrer, den die Schwarzen in Afrika kurzerhand verspeist hatten, so eine Art christliche Lebensmittel-Soforthilfe aus Europa ...

Die beiden Männer der Missionsleitung stellten sich als Schinsberg und Avemarie vor, ohne ihre Vornamen zu nennen. Sie nannten sich auch gegenseitig nur *Bruder* Schinsberg oder *Bruder* Avemarie – wobei sie sich aber duzten. Irgendwie fand ich das eine merkwürdige Kombination.

Sie wirkten in ihren schäbigen, abgewetzten Anzügen mit aufgenähten Lederstücken an den Ellbogen und farblosen Krawatten wie schlecht bezahlte Archivare. Dagegen hob sich mein neuer hellgrauer Anzug angenehm ab, fand ich. Das lockerte mir die Zunge und ich fühlte mich sicherer. Interessiert und häufig nickend hörten sie sich meine Lebensgeschichte an, blickten bedrückt, als ich vom Tod meines Vaters in Kilimatinde erzählte – und kamen dann überraschend schnell zur Sache, so als stünde die Entscheidung, wer das Büchlein über diese Missionarin namens Friederike Ganse schreiben solle, gar nicht mehr zur Debatte.

Eine grauhaarige Dame in Rüschenbluse mit Rosenmuster brachte ein Tablett mit Kaffeetassen und zerbröselten Keksen. Auch ihre Schuhe klopften mächtig auf den Fliesen. Ich griff automatisch nach meinen Zigaretten. Da ich keinen Aschenbecher sah und die beiden Herren offensichtlich nicht rauchten, beschloss ich aber, sie stecken zu lassen.

»Wir wollen die Erinnerung an diese beispielhafte Frau wach halten. Verstehen Sie? Wir denken an eine Publikation über ihr aufopferungsvolles Leben.« Avemarie zog ein Schwarzweißfoto aus einer grünen Arbeitsmappe und schob es über den Tisch. »Sie ist früh gestorben, müssen Sie wissen. Nach fast acht Jahren Afrika. Das Büchlein soll in einer Reihe von Lebensbildern frommer, aber moderner Menschen mit gottgefälligem Leben erscheinen«, sagte er.

»*Heiliges Leben – heute!* Das ist unser Thema!«, ergänzte

Bruder Schinsberg und bekräftigte seine Aussage mit einem leichten Schlag mit der flachen Hand auf die Tischplatte. Sie blickten mich aufmunternd und erwartungsvoll an, als sei ich ein anerkannter Fachmann für alle Fragen des heiligen Lebens.

Die zukünftige Protagonistin, Friederike Ganse, entstammte kleinen bäuerlichen Verhältnissen und war vor einigen Monaten unter tragischen Umständen ums Leben gekommen.

»Gott hat sie abberufen«, sagte Schinsberg und schilderte ohne innere Bewegung die Umstände ihres Todes. Während ich ihm noch gebannt zuhörte, wusste ich, dass mich die Art ihres Todes stärker faszinierte als alle diese lobenswerten, aber doch langweiligen Einzelheiten aus dem Leben der guten Frau. Ich machte mir rein mechanisch Notizen:

Friederike hatte in Afrika geheiratet, ihr Mann Mario Kindermann starb nach fünf Jahren Ehe. Nach seinem Tod war sie mit drei Kindern und einem schwarzen Jungen namens Temeo allein auf sich gestellt, muss aber gerade in dieser Zeit gewaltige Leistungen vollbracht haben. Drei Jahre später kehrte sie nach Deutschland zurück. Wenige Tage nach der Heimkehr passierte der tödliche Unfall.

Als Journalist hatte ich oft genug über den Tod einfacher und prominenter Leute geschrieben; mir war nicht ein einziger Fall in Erinnerung, der mich wirklich aufgewühlt hätte. Tod ist Tod. Er schlägt zu, wie er will, und er sagt nichts aus über das Leben des Verstorbenen. Warum war das bei dieser frommen Missionsfrau offensichtlich anders?

(War es nicht auch bei meinem Vater anders gewesen?)

Falls ich das Buch tatsächlich schreiben würde, war ich dann in Gefahr, ihr Ende literarisch zu überhöhen, es zu mystifizieren? Ich betrachtete das Foto, das vor mir lag. Die

Frau war nicht besonders schön gewesen. Für das Foto hielt sie ihren Kopf kokett seitlich gesenkt, ihre Hände spielten auf ihrem Schoß mit einer Rose. Vermutlich war sie aus Plastik und stammte aus der Dekorationskammer des Fotoateliers. Aber es war etwas in diesem Gesicht, das mich beunruhigte. Ihr Lächeln? Ein Anflug von Ironie? Ich erkannte nicht sofort, was es war. Ich würde es herausfinden, dachte ich und fragte:

»Gibt es von ihr nichts Schriftliches? Aufzeichnungen? Oder kann ich mit Leuten sprechen, die sie gekannt haben?«

Avemarie öffnete noch einmal umständlich seine Mappe und entnahm ihr zwei dicke schwarze Kladden.

»Ihr Tagebuch der letzten sieben Jahre. Sie hat es bis wenige Wochen vor ihrem Tod geführt«, sagte er irgendwie lustlos, so als habe er es gelesen und sei enttäuscht gewesen.

»Ist es das Original?«, fragte ich. Er zögerte einen kleinen Moment lang, bevor er nickte und es mir über den Tisch hinweg reichte.

»Ihr Mann ist ja leider gestorben«, fuhr er fort, als wolle er bewusst das Thema wechseln. »Es gibt noch ihre Familie in Marlin, einem kleinen Dorf im Wendland in Niedersachsen. Es wäre sicher gut, diese Leute zu besuchen ...« Er redete weiter, während ich in den schwarzen Kladden blätterte. In einer sehr gleichmäßigen, aber charaktervollen Schrift hatte sie ihre Aufzeichnungen zu Papier gebracht, jede Seite sorgfältig mit Datum versehen. Irgendetwas irritierte mich allerdings schon beim Durchblättern. Erst später wurde mir klar, dass es sich nicht wirklich um das *Original* handelte. Friederike Ganse hatte das alles geschrieben, als sie schon wusste, dass sie Afrika verlassen würde. Aus Gründen, die ich nicht kannte, hatte sie die ursprüngliche Fassung verändert oder bearbeitet. Was da sorgfältig mit Tinte niedergeschrieben war, erwies sich jedenfalls beim näheren Hinsehen als ziemlich wertlos für meine Zwecke und war manchmal schwer erträglich wegen der bigotten Frömmigkeit ihrer Sprache.

»... Die werdende Mutter war nach draußen geflohen u. im hohen Steppengras wurde endlich das Kindlein geboren. Auch zuletzt wollte man nicht zugestehen, dass ich half, da musste ich ganz hart durchgreifen u. mir Ellenbogenfreiheit verschaffen. Doch wie dankbar waren alle, als endlich alles vorbei war, auch jene, die höhnisch gelacht hatten über mich als ein Mädchen, das noch nicht geboren hatte, waren jetzt bekehrt und riefen ›Chumbe! (Wir loben dich!)‹. Unsere Herzen waren voll Lob u. Dank, dass der Herr geholfen hatte u. ich verwies die Frauen auf Imana, den Herren, den sollten sie loben und nicht mich, denn ihm gebührt die Ehre. Unser Gebet ging dahin, dass der Herr doch Gnade geben möchte und eine Infektion verhüten. Er hat unser Gebet erhört, denn der jungen Mutter ging es bald gut. Leider ist das Kindchen gestorben, es hatte zu viel gelitten. Dann glauben die Schwarzen auch, alles was zu früh geboren ist, wird nicht groß od. bleibt nicht am Leben. Dies erfuhr ich erst später, sonst hätte ich es gleich zu mir genommen, nie werde ich eine Frühgeburt in der Hütte lassen, sondern gleich mitnehmen, um es richtig zu pflegen ...

... Der Herr hat uns gnädig bewahrt, ihm sei Dank. Fast täglich kommen neue Patienten hinzu. In solchen Stunden erfährt man erst, wie sehr wir doch vom Herrn abhängig sind u. er doch alles leiten muss. Möge er auch unseren Glauben stärken, dass wir nicht verzagen und murren, denn dazu haben wir keinen Grund; zu oft wird das Danken in rechter

Weise vergessen. Mir kommt oft das Wort in den Sinn: ›Statt zu klagen betet mehr!‹ ...

... Dann gab mir der Herr Gnade, dass ich wieder Freude bekam an der Arbeit. Gäbe es doch mehr aufrechte und selbstlose Liebe, die sich nicht selbst sucht, eine tragende Liebe, die mitfühlt und mitlebt ...«

Ich blätterte weiter, in dem Stil ging es über viele eng beschriebene Seiten. Die Lektüre würde mühsam werden. Die realen Ereignisse in Afrika waren manchmal sehr konkret und bildhaft dargestellt, meist aber pauschal und eher oberflächlich, als sei das wahre Leben die Versenkung, die Geistigkeit, die Anbetung. Die Autorin des Tagebuches war ununterbrochen mit der Beschwörung des Glaubens und der göttlichen Liebe beschäftigt.

Schon die ersten Zeilen hinterließen bei mir ein zwiespältiges Gefühl. Wer so viele Worte benutzt, Gott zu loben, glaubt im Grunde nicht an ihn! Ob die beiden Herren der Mission ahnten oder wussten, dass der Informationswert dieser tausend Seiten gering war? Hatten sie diese Tagebücher gelesen – und sie wegen ihrer eigenen Zweifel erst auf meine Nachfrage hin herausgerückt?

»Wenn Sie einverstanden sind, würde ich den Auftrag übernehmen«, sagte ich und drückte die beiden Bände der Tagebuchkladde an meine Brust, als gehörten sie mir. »Gibt es noch irgendwelche Leute, die sie vielleicht aus Afrika kannte und mit denen ich sprechen könnte?«

»Es gibt da noch einen Bruder, den Missionar Friedrich-Wilhelm Ganse. Aber der lebt am Tanganjikasee, die Reise können wir Ihnen leider nicht bezahlen. Ganse hat seine Schwester in Afrika nur ein einziges Mal getroffen, soviel wir wissen.« Schinsberg schüttelte mit einem bedauernden Lächeln den Kopf und fuhr fort: »Auf der Beerdigung war da noch jemand. Ein vornehmer Mann mit dunklem kurzem Bart. Niemand schien ihn zu kennen. Er kam mit einem großen schwarzen Mercedes mit einem Dannenberger Kennzeichen. Offensichtlich ein Mietwagen ... Ich sprach ihn an und fragte, was ihn mit der Hingeschiedenen verbinde. Er verstand kein Deutsch. Als ich meine Frage auf Englisch wiederholte, stellte er sich als Joseph Pollock vor, er sei Engländer und habe Friederike Ganse flüchtig aus Afrika gekannt. Wie er vom Tod Friederikes erfahren hatte, sagte er nicht – und ich vergaß ihn zu fragen. Ich forderte ihn auf, an der Nachfeier im evangelischen Gemeindesaal von Clenze teilzunehmen; als ein Afrikafreund von Friederike Ganse sei er herzlich eingeladen. Auch der Posaunenchor würde wieder spielen ... Da nickte er nur abwesend – und später war er verschwunden. Leider können wir Ihnen nicht mehr über ihn sagen.«

»Lebt dieser Pollock in England oder in Deutschland?«

»Wir wissen es nicht«, antwortete Schinsberg.

»Kommt Friederikes Bruder nicht manchmal nach Deutschland?«, fragte ich.

»Er war zur Beerdigung hier und kommt nun erst wieder in zwei Jahren. Ich gebe Ihnen seine Adresse. Vielleicht können Sie ihm schreiben?«

»Hat er Telefon?«

Schinsberg schüttelte den Kopf. »So weit sind wir am Tanganjikasee noch nicht, leider!«

»Wer ist dieser junge Schwarze, von dem Sie gesprochen haben?«, fragte ich.

»Ein einfacher Junge vom Land. Er war der *Boy* von Schwester Friederike. Aber *Boy*, das sagt man wohl heute nicht mehr …« Schinsberg lächelte schuldbewusst. »Nach ihrem Tod bestand er darauf, nach Bukoba zurückzugehen. Ohne ›Mama Frida‹, so sagte er, könne er nicht hier bleiben.«

»Er nannte sie Frida?«, fragte ich.

»Er konnte wohl das Wort Friederike nicht aussprechen, vermute ich.«

»Sollte ich ihm schreiben?«

»Ich glaube kaum, dass es Sinn macht. Aber das müssen Sie selber wissen. Er heißt Thomas Kilumbi. Alle nennen ihn Temeo. Die Adresse haben wir …«

»Spricht er Englisch?«, fragte ich.

Schinsberg schüttelte den Kopf. Er bot mir an, alle wichtigen Briefe und die Antworten zu übersetzen.

Zu meiner Überraschung hielten es die beiden Herren nicht für nötig, einen förmlichen Vertrag zu schließen; sie schienen grenzenloses Vertrauen gefasst zu haben. Sie übergaben mir einen Scheck in Höhe von 2500 Euro und einen weiteren über 1000 Euro Reisespesen. 5000 Euro sei als Honorar vorgesehen, die zweite Hälfte würde nach Ablieferung des Manuskriptes gezahlt werden. Sollte das Büchlein mehr als dreitausend verkaufte Exemplare erreichen, könne ich selbstverständlich mit einer Nachzahlung rechnen. Über das Buch würde man ohnehin später einen Vertrag schließen, das sei Sache ihres Missionsverlages …

»Von diesen Dingen verstehen wir nichts«, sagte Avemarie mit einem Blick, der um Verständnis bat. »Wir sind ja nur die Theologen …«

Ich hoffte, die beiden Herrn, die da in ihren fabelhaften Anzügen auf der anderen Seite des Tisches saßen, würden die Röte nicht bemerken, die sich vor lauter Aufregung in meinem Gesicht ausbreitete. Mit einem solchen Honorar hätte ich niemals gerechnet. Sofort schossen mir eine Menge Dinge durch den Kopf. Sollte ich meine Anstellung bei der *Rundschau* kündigen und mich ganz auf diesen Auftrag konzentrieren? Wenn ich sparsam mit dem Geld umging, würde es vielleicht für ein Jahr reichen ...

Sie kamen beide mit an mein Auto. Auf dem Innenhof der Missionsgebäude verabschiedeten sie sich und nannten mich *Bruder Geldermann*. Es berührte mich, als sei ich in einen Orden aufgenommen worden, war mir aber nicht unangenehm.

Auf der Rückreise betrachtete ich immer wieder genussvoll die beiden Schecks, die ich auf dem Beifahrersitz meines Kleinwagens ausgebreitet hatte. Ich fühlte mich wie ein echter Autor. Allerdings holte mich eine Erkenntnis schnell auf den Boden der Tatsachen zurück: Das Lebensbild einer frommen Missionsfrau war nicht gerade ein idealer Einstieg in eine ruhmvolle literarische Karriere. Eigentlich war der Auftrag, abgesehen vom Honorar, reizlos. Es ging um ein eher langweiliges frommes Leben ohne dramatische Höhepunkte (wenn man von ihrem Tod einmal absah) zwischen Krankenpflege, Predigten und Bibelstunden, ein paar bäuerliche Familienangehörige im Wendland, einen frommen Bruder im fernen Afrika und einen unbekannten, vermutlich ebenso frommen Engländer als Informanten. Das war alles. Dazu kamen die langweiligen Arbeitsberichte über jeden Monat in der Gemeinde, wo Friederike Ganse und ihr Mann Mario Kindermann fünf Jahre lang – später nach seinem Tod sie drei weitere Jahre alleine – gearbeitet hatten. Ob die Tagebücher viel hergeben würden, bezweifelte ich. Meine beiden Partner hatten mir zum Schluss noch eine grüne Arbeitsmappe mit Unterlagen in die Hand gedrückt. Die seien leider nicht geordnet und wohl kaum von Belang, sagte Avemarie, aber vielleicht könne man darin gute Hinweise finden. Auf den ersten Blick handelte es sich nur um alte Rechnungen, Quittungen, Briefkopien und Lieferscheine.

Als ich in meiner Heimatstadt aus dem Auto stieg, war ich über die Perspektiven meines neuen Jobs nicht gerade optimistisch gestimmt.

Ich stellte Friederikes Foto auf meinen Schreibtisch. Im Laufe der nächsten Monate rückte sie mir so nahe, wie ich es niemals erwartet hätte. Meine kleine Wohnung im dritten Stock in der Flensburger Straße schien sich auf magische Weise mit ihrer Gegenwart zu füllen, während ich Material in meinen Notizbüchern sammelte, um mit dem Schreiben beginnen zu können. Mein besonderes Interesse an den Umständen ihres Todes wurde von anderen Ereignissen ihres Lebens sehr bald in den Schatten gestellt.

Ein unordentliches Frauenleben

Für jeden Abschnitt im Leben der Friederike Ganse wollte ich ein Dossier anlegen. In groben Zügen orientierte ich mich an ihrem Lebenslauf, mit dem sie sich vor mehr als zehn Jahren bei der Missionsgesellschaft beworben hatte, und den nüchternen Monatsreports für die Missionsgesellschaft, die bis zu ihrer Abreise aus Afrika regelmäßig in Ludwigslust eingetroffen waren. Aber leider waren auch diese Texte sehr dürftig: Eine schwere Verletzung, die ihr ein enttäuschter Schwarzer mit der Machete beigebracht hatte und die sie das Leben hätte kosten können, war mit wenigen lakonischen Worten erwähnt, ebenso kurz und knapp wie Totgeburten, überfüllte Gottesdiensträume, chaotische Bauvorhaben, Fortschritte eines Posaunenchors und ein schwerer Motorradunfall, durch den Friederike zwei Monate ins Krankenhaus nach Mwanza musste. Zwischendurch vertiefte ich mich in die Tagebücher. Von den gut und gern tausend Seiten waren vielleicht einhundert mit brauchbaren, wenn auch langweiligen Fakten gefüllt. Immer wieder ging es um schwierige Entbindungen, Krankheiten, Unfälle, Streitigkeiten mit Behörden und Verletzungen, um Seuchen-Prophylaxe in den Flüchtlingslagern, Gottesdienste und die Arbeit an den Schulen. Kein Wort über die Hinreise nach Afrika, kein Wort über die Rückreise. Nicht einmal über ihre Ehe und die Kinder verlor sie mehr als drei, vier Sätze. Wenn ich alle Entbindungen, Gottesdienste und die Namen der Besucher auflistete, hatte ich schon hundert Seiten voll! Aber wer sollte das lesen? Mir fehlte noch ein Spannungselement, ein roter Faden. Ich schlug resigniert die dicken Kladden zu.

Die frommen Teile der Aufzeichnungen konnte ich für meine Arbeit vergessen, es sei denn, ich hätte mich für den Beruf eines Wanderpredigers vorbereiten wollen. Nachdem ich stundenlang in den Tagebüchern gelesen hatte und total erschöpft war, blätterte ich, um mich abzulenken und ohne große Erwartung, in der grünen Mappe mit den ungeordneten Unterlagen. Die Papiere waren teilweise in Kisuaheli verfasst, andere in englischer Sprache. Dann tauchten zu meiner Überraschung ein paar arabische Schriftzeichen auf. Ich stutzte, als ich plötzlich eine Rechnung der Fluggesellschaft *Emirates* in der Hand hielt. Mrs Friederike Ganse-Kindermann waren fünf Tickets in Rechnung gestellt worden. Fünf Tickets erster Klasse! Jedes zu einem Preis von je 4313,70 Euro oder 5606 Dollar, für Flüge von Dar es Salaam nach Frankfurt. Das waren mehr als 28000 Dollar. Die Bezahlung war per Scheck erfolgt. Rätselhaft, wenn ich an Friederikes Gehaltsabrechnung dachte. Monatlich hatte man ihr 500 Euro nach Afrika überwiesen. Sie hätte also fast fünf Jahre lang ihr Gehalt sparen müssen, um diese Flüge zu bezahlen. Ziemlich unwahrscheinlich.

Ich griff sogleich zum Telefon, rief *Emirates* in Düsseldorf an und bat um Auskunft, ob es seine Richtigkeit habe, dass Friederike Ganse-Kindermann und ihre Begleitung mit Emiratesflug Nr. 645/1750 am 12. April 2003 von Dar es Salaam nach Frankfurt geflogen sei. Und zwar erster Klasse?!

»Und auch die Namen ihrer Begleiter hätte ich gern gewusst«, bat ich die Dame.

»Einen Moment, bitte«, lispelte eine Mädchenstimme mit

einem Akzent, den sie vermutlich in den Golfstaaten geübt hatte, und dann nach einer Pause: »Mista Geldermann? Missis Ganse-Kindermann ist mit dem Flug 645/1750 geflogen. Mit Übernachtung in Dubai. In einem sehr guten Hotel! Alles inklusive!«

»Ich habe hier die Rechnung für Tickets von fünf Personen. Wer waren die anderen?«, fragte ich.

»Ich weiß nicht, ob ich Ihnen darüber Auskunft geben darf, Mista Geldermann«, sagte sie und kicherte einmal ganz kurz.

»Dann tun Sie es doch einfach!«, schmeichelte ich. »Friederike Ganse-Kindermann ist meine Patentante und all die anderen sind Vettern und Kusinen von mir. Ich habe ja nur ihre Namen vergessen, verstehen Sie?«

»Sie machen Spaß mit mir, Mista Geldermann«, gurrte das Mädchen am anderen Ende der Leitung. Wahrscheinlich hatte sie sich beruflich irgendwann entscheiden müssen, ob sie lieber zu Hause in einem Harem herumsitzen oder in Düsseldorf Anrufer abwimmeln wollte.

»Nein, im Ernst! Es ist doch nichts dabei. Ich habe schließlich die Originalrechnung. Soll ich Ihnen die Rechnungsnummer vorlesen, Miss Dubai?«

Mit diesem Ehrentitel hatte ich sie offensichtlich überzeugt und sie kicherte mir die Namen durchs Telefon. In Friederikes Begleitung waren Thomas Kilumbi, Marietta Kindermann, Corvina Kindermann und Fred Kindermann gewesen.

»Danke auch sehr, Miss Dubai«, sagte ich abwesend, weil ich beim Blättern während des Telefonates auf ein interessantes Papier gestoßen war. In dem heillosen Durcheinander von Briefkopien, Rechnungen, Frachtpapieren, Lieferscheinen, verstreuten handschriftlichen Notizen fand ich einen Beleg über den Verkauf eines Range Rovers, Baujahr 2000.

22 000 Dollar hatte Friederike dafür bekommen. Ich hatte ja keine Ahnung, dass Missionsleute erster Klasse fliegen und teure Geländewagen an der Straßenecke verscherbeln …

Dann stieß ich auf eine weitere Merkwürdigkeit: Der Totenschein für Mario Kindermann war in Englisch und Kisuaheli abgefasst und durch die Verwaltung von Bukoba auf den 22. Dezember 2000 ausgestellt. In der Spalte *Ort des Todes* hatte jemand ein Fragezeichen eingetragen. Was konnte das bedeuten?

Vom 3. Januar 2002 gab es einen ziemlich nüchtern abgefassten Brief der Ludwigsluster Missionsgesellschaft. Friederike wurde aufgefordert, ihre Arbeit in Bukoba abzuschließen und am 1. März 2002 ihre Arbeit auf der Station ihres Bruders in der Provinz Kigoma aufzunehmen. Sie möge bitte die Kosten für die Reise und den Transport ihres Gepäcks ermitteln … Rechts oben auf dem Brief war mit Friederikes Handschrift vermerkt: *Abgesagt*.

Um die Übersicht über die rätselhaften Dokumente und Informationen nicht zu verlieren, begann ich, mir einen groben Zeitplan aufzuzeichnen:

› *1993 Aufnahme bei der Ludwigsluster Missionsgesellschaft, Ausbildung bis Herbst 1995*
› *Oktober 1995 Reise mit dem italienischen Schiff Andrea Doria von Genua nach Dar es Salaam. Ankunft am 29. 10.; Weiterreise am 8. 11. per Eisenbahn bis Mwanza, mit MV Victoria nach Bukoba am 9. 11. 1995*
› *Am 12. 11. 1995 Heirat mit Missionar Mario Kindermann. Standesamt, evang. Kirche von Bukoba. 28. Juli 1996 Geburt der Tochter Corvina, im gleichen Jahr Adoption von Marietta Bassili-Kindermann*
› *1999 schwerer Motorradunfall*

- › *Am 22. Dezember 2000 stirbt Mario Kindermann an einem nicht behandelten Herzklappenfehler. Keine Einzelheiten.*
- › *Von Januar 2001 bis 30. März 2003 Weiterführung des Projektes Bukoba durch Friederike (Predigtdienst, Krankenhaus, Gesundheitsstation, verschiedene Schulen, Flüchtlingslager)*

Mir wurde schwindelig, als ich von all den Aufgaben las, die Friederike nach dem Tod ihres Mannes offensichtlich allein erledigt hatte. Schon der Schulunterricht in Kemondo Bay, Kyaka, Muhutwe und Mutukula war mehr als ein Ganztagsjob, zwischen den Orten lagen nicht weniger als jeweils zehn bis zwanzig Kilometer! Und dann gab es da noch drei eigene Kinder: Fred, der Sohn Kindermanns aus erster Ehe, ihre Tochter Corvina und ein adoptiertes afrikanisches Mädchen namens Marietta. Hatte der Heilige Geist Friederike in dieser Zeit beflügelt? Wo hatte sie nach dem Tod ihres Mannes plötzlich einen nagelneuen Range Rover her? Der war ja wohl nicht vom Himmel gefallen!

Das Ende ihrer Arbeit in Bukoba war dann relativ plötzlich gekommen. Der Abschlussbericht vom 29. März 2003 war genauso kurz und lakonisch wie alle Berichte aus den vorangegangenen Jahren. Er enthielt keinerlei Begründung dafür, dass Friederike Afrika verlassen wollte. Und noch eine Merkwürdigkeit: Sie war am 30. März 2003 abgereist und erst am 9. April in Dar es Salaam angekommen. Ich schaute mir die Karte von Ostafrika an: Mit einem guten Wagen konnte man den Weg von Bukoba bis Dar es Salaam sicher in ein bis zwei Tagen schaffen. Sie aber hatte zehn Tage gebraucht. Bei der Hinreise gab es eine ähnliche Zeitlücke ...

Wie war sie dann von Frankfurt aus mit ihren vier Begleitern nach Ludwigslust – und später ins Wendland – gekommen? Was hatte sie dort gewollt? Nur ihre Familie besuchen? Am 16. April war sie dort angekommen und am 24. April während eines Besuches bei einem Jugendfreund in Bausen ums Leben gekommen.

Was war das für ein Jugendfreund?

Die vielen Rätsel, die sich mir plötzlich stellten, würde ich nur lösen, wenn ich Schritt für Schritt vorging. Zuerst galt es, ihre Familie in Marlin zu besuchen. Ich ließ mir von der Auskunft die Nummer des Ganse-Hofes geben. Eine freundliche Frauenstimme erklärte sich dort sofort einverstanden, mit mir über »Tante Friederike« zu sprechen. Wir vereinbarten einen Termin.

Ich zögerte, Schinsberg wegen einiger offener Fragen anzurufen. Aber ich wollte vor meinem Besuch im Wendland wissen, wer die Beerdigungsrede gehalten hatte, und das würde er mir sagen können. Ich schickte ihm ein Fax. Er antwortete umgehend: Die Beerdigungsrede habe er selbst gehalten, er würde mir eine Kopie der Rede schicken. Sie war schon am nächsten Tag in der Post.

Es war ein sehr würdiger, schöner Text. Als ich ihn durchgelesen hatte, konnte ich Bruder Schinsberg ein bisschen besser leiden. Noch unter dem Eindruck seiner Rede blickte ich auf Friederikes Bild. Mir war, als bewegte sich die Rose auf ihrem Schoß.

Was hatte dieser Engländer Pollock, von dem Schinsberg erzählt hatte, mit Friederike zu tun? Weder im Tagebuch noch in den Arbeitsberichten tauchte der Name auf.

Was hatte er bei der Beerdigung zu suchen, wenn er Friederike – nach seinen eigenen Aussagen auf dem Friedhof – nur flüchtig gekannt hatte? Wie hat er in England von ihrem Tod erfahren, wie konnte er so schnell ins Wendland kommen?

Und dann mit einem Mietwagen mit Dannenberger Kennzeichen? Wenn er von London nach Hamburg geflogen war, hätte man ihm vermutlich doch einen Mietwagen mit Hamburger Kennzeichen gegeben.

Im Internet fand ich wenig über Joseph Pollock, nur einen Link zum größten britischen Wirtschaftsmagazin, wo ein Bericht über Pollock und die Bodenschätze Ostafrikas erschienen sein sollte. Ich beschloss, es mir zu besorgen.

Ich notierte mir die Namen der Leute, die ich als Erstes kontaktieren wollte:

Familienmitglieder in Marlin

Jugendfreund in Bausen

Friedrich-Wilhelm Ganse am Tanganjikasee (Brief?)

Joseph Pollock in England (?)

Thomas Kilumbi (Sprachproblem)

Ich stand auf und ging in meinem kleinen Arbeitszimmer auf und ab. Nervös rieb ich mir die Hände. Da ich kein erfahrener Autor und eher unsicher war, was mein erstes Projekt anging, spürte ich den Sog dieser Geschichte umso heftiger. Sie hatte mich gepackt. Besser gesagt: der Sog der offenen Fragen und vielleicht die Abgründe dahinter. So glatt, wie Friederike Ganse ihr Leben in ihrem Tagebuch aufgeschrieben hatte, konnte es nicht verlaufen sein! Oder doch? Woher kam meine Ahnung, dass da Geheimnisse im Verborgenen lauern könnten? Nur durch ein paar offene Fragen und die Flugtickets erster Klasse?

Ich gestand mir ein, dass mich mehr als alles andere die unfassbaren Umstände von Friederikes Tod faszinierten und dass meine Fantasien wohl deshalb ihren Lauf nahmen. Noch stand mir die Erinnerung an den Selbstmord meines Vaters vor Augen, der sich nachts im Nebenzimmer erschossen hatte. Aber das hier war kein Selbstmord! Es gab nach dem Bericht der Missionare zwei Zeugen: Friederikes Jugendfreund und Thomas (Temeo) Kilumbi.

Ich würde die Dienste der Missionare in Anspruch nehmen und sie bitten müssen, einen Brief an Kilumbi zu übersetzen. Das würde Bruder Schinsberg sicher gern übernehmen.

Ich überflog immer wieder meine bisherigen Aufzeichnungen und versah einige Stichpunkte mit roten Fragezeichen. Eine Reise nach Bukoba wäre das Beste, dachte ich. Dort hatte sie gelebt und gearbeitet. Wo waren eigentlich die drei Kinder geblieben, ihre Tochter, die Adoptivtochter und Kindermanns Sohn aus erster Ehe? Vermutlich in einem frommen Waisenhaus; ich würde die Familie befragen ... Eine Afrikareise wäre zeitraubend und teuer; die 1000 Euro Spesen würden dabei draufgehen und ich hatte keine Sicherheit, dort jemanden zu treffen, der Informationen hatte, die den Aufwand lohnten. Ich wollte die Entscheidung jetzt nicht fällen. Vielleicht konnte ich die hundert Seiten, die man von mir erwartete, ja auch aus anderen Quellen füllen.

Am gleichen Tag schrieb ich an Friedrich-Wilhelm Ganse. Die Post würde zwei oder drei Wochen brauchen, also konnte ich frühestens in vier bis sechs Wochen Antwort erwarten. Ich bereute, mich nicht eingehender über ihn und seine Lebensverhältnisse informiert zu haben; das konnte ich vielleicht später mit einem Telefonat nach Ludwigslust nachholen.

»Ich habe den ehrenvollen Auftrag, ein Porträt über Ihre vor einem halben Jahr verstorbene Schwester Friederike zu schreiben. Um mir ein Bild ihrer Persönlichkeit machen zu können, bin ich auf Hinweise von Verwandten und Freunden

angewiesen. Ich bitte Sie freundlich, mir zu schreiben und von ihr zu erzählen; Geschichten, die über den Alltag hinausgehen, wären mir besonders wichtig.
Mit besten Grüßen

Nick Geldermann, Journalist«

An Thomas Kilumbi schrieb ich fast gleichlautend, fügte aber eine Ergänzung bei, die den Tod Friederikes betraf:

»... Wenn ich richtig informiert bin, waren Sie Augenzeuge ihres Todes. Es wäre für mich und die späteren Leserinnen und Leser meines Buches sehr wertvoll, davon einen authentischen Bericht zu bekommen. Ob ich Sie darum bitten darf?«

Den Brief steckte ich in einen Umschlag an Missionar Schinsberg – mit der Bitte, ihn zu übersetzen und weiterzuleiten.

Ungestilltes Verlangen

Ich kam in der Dämmerung eines Herbstabends im Wendland an. Über die B 493 fuhr ich von Uelzen über Rosche und Zarenthien auf Lüchow zu. Auf der Höhe von Diahren waren Zebelin und Marlin ausgeschildert. Für meinen Besuch war es an diesem Tag zu spät. Ich beschloss, die Nacht in einem Hotel in Lüchow zu verbringen und am nächsten Morgen den Ganse-Hof in Marlin aufzusuchen. Ich hatte mein Kommen sowieso erst für den nächsten Tag angekündigt.

Ich lenkte langsam den Wagen durch Lüchows schmale Hauptstraße. Rechts und links weiß gestrichene Fachwerkhäuser, Geschäfte, Banken und Kneipen. Ich war in heiterer Stimmung und beflügelt durch die kräftigen, aber doch sanften Bilder der Dörfer, Weiden und Fichtenwälder, die ich unterwegs gesehen hatte. Eine Pferdeherde hatte ich im Abenddunst auf den Wiesen bei Salderatzen fotografiert und dann war ich noch ein paar Minuten am Gatter gestanden, um den Anblick in mich aufzunehmen. Trotz der untrüglichen Zeichen, die den Herbst ankündigten, lag eine Leichtigkeit über der Landschaft. Wenn ich mir diese fast noch sommerliche Welt im Winter und unter einer Nebeldecke vorstellte, ahnte ich auch die Schwermut, die zu dieser Schönheit gehörte. Hier herrschte nicht die drückende Melancholie des Niederrheins, den ich nach dem Tod meines Vaters häufiger besucht hatte, weil er dorther stammte, sondern eine Art Einsamkeit voll Wehmut und süßer Trauer.

Ich entdeckte ein Hotel namens *Ratskeller* und fuhr zum

Parken in eine enge Seitenstraße. Zum Hotel gehörte ein Restaurant, ich war also für den Rest des Tages versorgt. Mein Zimmer lag im ersten Stock, mit zwei Fenstern zur Straße hin. Sie ließen sich zu meiner Überraschung nur nach außen öffnen und festhaken. Ich blickte auf eine belebte abendliche Straße, wo Jugendliche vor einer Eisdiele ihre harmlosen Spielchen trieben (wie weit fühlte ich mich von diesen Albernheiten schon entfernt seit dem Tod meines Vaters?). Am Himmel zogen dunkle Wolken auf und ich hörte das erste Rumoren eines nahenden Gewitters. Dann brach das Unwetter los und ich ließ beide Fenster offen stehen, um den Regen zu genießen, der den staubigen Geruch ferner Erntewagen mit sich führte. Auf dem Rücken liegend und auf den Donner horchend, schlief ich ein.

Am nächsten Morgen fuhr ich nach Marlin. Die Sonne schien und von den Pfützen des nächtlichen Regens dampfte es.

»Sie können Anneliese zu mir sagen. Wir hier auf dem Land sind nicht so förmlich ...« Die junge Frau wischte ihre Hände an ihrer Arbeitsschürze ab und wies auf einen Stuhl am Küchentisch.

Eine gebückt gehende weißhaarige Frau mit einem neugierigen und gütigen Gesicht guckte kurz in das Zimmer, nickte mir freundlich zu und zog sich zurück. Auf dem Hof lärmte ein Traktor, Gänse schnatterten und manchmal bellte der Hund. Auf der Wiese hinter dem Haus hatte ich zwei Schafe gesehen.

»Ich habe Ihnen schon am Telefon gesagt, dass ich über Ihre Tante Friederike Ganse Informationen sammle. Ich bin sehr dankbar, dass ich Ihnen ein paar Fragen stellen darf.«

Es fiel mir nicht leicht, das Gespräch in Gang zu bringen, und ich schwitzte. Das hier war eine andere Aufgabe als ein Interview für die *Rundschau* und ich war nervös.

»Sie sind ein sehr junger Schriftsteller. Ich dachte, Schriftsteller wären ältere Männer.« Die Frau sagte es lächelnd, und ich fragte mich, ob sie damit Zweifel an meinen Fähigkeiten ausdrücken wollte.

»Ich bin in Afrika geboren worden. Mich interessiert das Thema«, erwiderte ich und hoffte, ihre Bedenken damit ausräumen zu können.

»Dann legen Sie mal los, junger Mann«, sagte sie ohne jegliche Ironie und schenkte mir Kaffee ein. Ich wollte möglichst viel über Friederikes Kindheit und Jugend wissen.

Anneliese zeichnete ein lebendiges Bild eines normalen Jungmädchenlebens auf dem Land. Mein Tonband lief und ich ließ sie erzählen, fasziniert von der bäuerlichen Bilderwelt, die sie mit großer Leichtigkeit in passende, manchmal poetische Worte fasste. Friederike sei ein Arbeitstier gewesen, sagte sie, und habe sich nie gedrückt vor den vielfältigen Aufgaben des Hofes.

»Bis sie beschloss, nach Afrika zu gehen. Fromm getan hat sie immer schon, aber es kam doch für alle überraschend«, schloss sie ihren Bericht.

»Warum ging sie nach Afrika? War es ihre Frömmigkeit?«

Anneliese schüttelte den Kopf, so als müsste sie sich selbst erst einmal über eine Antwort klar werden.

»Das behauptete sie immer. Sie sagte, Christus habe sie gerufen, sie müsse seinem Ruf folgen. Aber das war natürlich Unsinn.«

Ich horchte auf.

»Was meinen Sie damit, Anneliese?«

Sie zögerte wieder und stippte ein Stück trockenen Butterkuchen in ihren Kaffee.

»Sie liebte es, in die Kirche zu gehen, die Predigten zu hören, den Kopf zu senken, wenn der Pfarrer den Segen austeilte. Sie liebte alles, was mit Frömmigkeit zu tun hatte. Sie hätten ihr Zimmer sehen müssen! Eine christliche Rumpelkammer mit frommen Sprüchen und Kruzifixen. Sie führte hier bei uns das Tischgebet ein und bestand darauf, abends die Bibel vorzulesen.« Anneliese sah mich an und lächelte leicht. »Das alles hat sie geliebt! Aber geglaubt hat sie nicht, soviel ich weiß!«

»Und warum dann Afrika?«, fragte ich verunsichert. »Wenn sie sich doch hier alles so gut eingerichtet hatte?«

»Manche meinen, es sei wegen ihres Bruders, Onkel Friedrich-Wilhelm gewesen, den sie immer angehimmelt hat und der ja schon seit einigen Jahren in Afrika lebte. Ich glaube das nicht. Es gab einen anderen guten Grund für sie, das Wendland zu verlassen. Aber das ist nur meine Meinung und ich möchte Sie bitten, es nicht in Ihr Buch aufzunehmen.« Sie schwieg einen Augenblick lang und sah still aus dem Fenster, als sie weitersprach. »Weil Hermann Grohmeyer noch lebt. Man muss ihn in Ruhe lassen. Der Arme hat genug gelitten – und dann noch Friederikes Tod! ... Ein Wunder, dass er das überlebt hat ... Die beiden waren verlobt. Seit drei Jahren schon. Friederike konnte sich nicht für einen Hochzeitstermin entscheiden, bis er, ein junger starker Schmied aus Bausen, ihr die Pistole auf die Brust setzte. Er war ein so schöner Mann, der keine Probleme gehabt hätte, eine andere zu finden! Und sie war schließlich schon fast dreißig Jahre alt, vergessen Sie das nicht!« Anneliese zögerte, ich sah in ihrem Gesicht nun Mitgefühl und so etwas wie Trauer. »Vielleicht wollte sie ja glauben und eine fromme Frau werden, aber nach Afrika ging sie aus Abenteuerlust – und weil sie diese Ehe mit Hermann Grohmeyer, einem soliden, aber einfachen Schmied, nicht mehr wollte. Das war ihr alles zu ärmlich und zu eng. Nach drei Jahren Verlobungszeit musste sie aber ein sehr starkes Argument vorbringen, um von ihm loszukommen. Was konnte er gegen *Gottes Ruf* schon einwenden?«

»Wie hat er es aufgenommen?«, fragte ich.

Wieder zögerte sie und strich in Gedanken mit der Hand über die Tischdecke.

»Hören Sie, Nick! Auch das gehört nicht in Ihr Buch, solange er lebt. Kein Wort davon! – Er wohnte mit seinen Eltern in der alten Schmiede in Bausen, direkt am Dorfeingang. Als sie ihm sagte, sie könne ihn nicht heiraten, Christus habe sie gerufen, sie müsse nach Afrika gehen, da hat er ihr zuerst einen Vogel gezeigt und sie für verrückt erklärt. Aber nach und nach wurde ihm klar, dass es ihr ernst damit war. Seine Verzweiflung muss ein Ausmaß gehabt haben, wie es selten ist. Eines Nachts, nachdem sie schon abgereist war, ist er aufgestanden, hat sich leise angezogen und das Haus verlassen. Er ging auf den dunklen Dorfplatz und öffnete den Starkstromkasten, wo wir für die Dreschmaschinen und andere Geräte den Strom herbekommen. Mit beiden Händen hat er in die offenen Drähte gegriffen. Hermann wurde erst am nächsten Morgen bewusstlos aufgefunden und ins Krankenhaus nach Dannenberg gebracht. Sie mussten ihm beide Hände abnehmen.«

Anneliese atmete einmal tief, als unterdrücke sie einen Schluchzer, und fuhr sich mit dem Zipfel der Schürze über die Augen.

»Als es passierte, war Friederike schon in Tübingen in der Krankenschwesternausbildung. Sie hat die Nachricht vom

Unfall ihres früheren Verlobten ziemlich gleichmütig aufgenommen. Der Vater des Schmiedes, der alte Grohmeyer, hat ein Jahr später eine schwere Reise angetreten. Er hat in Tübingen Friederike aufgesucht und ist vor ihr auf die Knie gefallen. ›Komm zurück! Wir verlieren unseren Sohn!‹, hat er gefleht und gebettelt und ihre Beine umfasst und geweint. Aber sie hat ihn weggestoßen und schnippisch gesagt: ›Christus hat mich gerufen, er schickt mich nach Afrika. Ich kann nicht anders!‹ Da ist der alte Schmied aufgestanden und hat mit bebenden Fäusten vor ihr gestanden.«

»Woher wissen Sie das alles, Anneliese?«

»Sie kam ja noch einmal vor ihrer Abreise in die Tropen nach Marlin. Da hat sie uns ausführlich davon erzählt. Der alte Schmied hat nie ein Wort über seine Reise verloren. Er starb bald, vermutlich an Gram über das Schicksal seines Sohnes. Und dann wurde die Schmiede geschlossen ... weil ... weil – der Sohn konnte ja nicht mehr ...« Offensichtlich wollte sie darüber nicht mehr sagen.

»Wo lebt Hermann Grohmeyer heute?«, fragte ich. Ein eisernes Band hatte sich um meine Brust gelegt und verursachte einen unerträglichen Druck.

»Noch im selben Haus wie damals, in der alten Schmiede in Bausen. Die Eltern sind jetzt beide tot. Hermann bekommt eine kleine Rente von der Gemeinde Clenze, der er das Anwesen überschrieben hat. Er darf bis zu seinem Tod dort wohnen. Aber er kann mit seiner Behinderung nicht mehr arbeiten ...«

»Was meinen Sie, Anneliese? Ob ich ihn besuchen kann?«, fragte ich scheu.

Sie überlegte, sah mich an und schüttelte den Kopf.

»Das sollten Sie nicht tun, Nick! Es würde bei ihm nur alte Wunden aufreißen – und er würde Ihnen nichts sagen. Als

Friederike nach zehn Jahren zu ihm zurückgekehrt ist, hat er wohl noch einmal die Hoffnung gehabt, sie würde jetzt bei ihm bleiben. Wir wissen ja nichts von dem, was die beiden in den fünf Tagen geredet haben … Ich ahnte irgendwie, dass sie nicht vorhatte zu bleiben, auch wenn sie das nie ganz deutlich gesagt hat. In den Tagen, als sie bei uns war, hörte ich sie manchmal auf dem Flur telefonieren, auf Englisch, ich konnte nichts verstehen. Aber warum hat sie uns nie gesagt, mit wem sie da gesprochen hat? Ich jedenfalls habe mir meinen Teil gedacht. Da war noch ein anderer Mann im Spiel! Und sie hat sich ja dann auf schreckliche Weise verabschiedet. Sie wissen schon!« Nach einer Pause sagte sie leise: »Es kam mir vor wie ein Strafgericht.«

»War es denn eines?«, fragte ich.

Anneliese fuhr sich mit beiden Händen über ihr Gesicht und befestigte mit einem Klämmerchen eine Haarsträhne.

»Die Frage sollten Leute beantworten, die mehr von Gott wissen – oder Friederike besser gekannt haben. Als sie in Afrika war, hat sie ja nur ihrem alten Vater ab und zu geschrieben. Es waren sehr fromme Briefe, ich wollte sie nicht lesen, denn für mich waren sie unerträglich.«

»Wie hat sie sich hier aufgeführt, als sie von Afrika zurückkam? Wie früher – oder war sie verändert?«

»Sie war so schrecklich streng mit den Kindern. Und mit uns auch. Noch viel strenger als zuvor. Sogar ihre Schwester konnte ihr nichts recht machen. Die kleinste Kleinigkeit, schmutzige Fingernägel zum Beispiel, zu lange Haare oder ein bisschen Unordnung im Haus, wurde von ihr heftig kritisiert. Damals haben wir zum ersten Mal bemerkt, dass sie fast gar keinen Humor hatte! Oder sie hat ihn vor uns versteckt, weil er nicht zu ihrer Frömmigkeit passte. Wir lachen gern hier im Wendland ... Irgendwie waren wir alle erleichtert, als sie sagte, sie ginge für ein paar Tage zu Hermann Grohmeyer.«

Mit Annelieses Erlaubnis machte ich ein paar Fotos vom Ganse-Hof. Rechts, dreißig Meter hinter der frisch gemauerten Toreinfahrt, stand eine Scheune aus hellroten Ziegeln mit der eisernen Jahreszahl 1941 am Giebel, links daneben das Haupthaus, in dem auch der Kuhstall untergebracht war. Ein Mann, vermutlich Annelieses Bruder, war dabei, frisches Stroh in die Ställe zu bringen; durch die Türe konnte ich schwarzbunte Kühe sehen, die mit ihren peitschenden Schwänzen die Fliegen vertrieben. An der Scheune war ein fuchsbraunes Pferd mit drei weißen Fesseln angebunden und knabberte an einem Bündel Heu. Neben dem Haupthaus gab es einen Durchgang zu den Wiesen, in zweihundert Metern Entfernung sah man das Röhricht eines Sumpfes und den Wald. Links von der Durchfahrt standen Schweineställe und Schuppen für das Arbeitsgerät. Ein ganz normaler, gut geführter Hof, dachte ich. Und Heimathafen von so viel Leidenschaft, an der sich ein junger starker Schmied verbrannt hat.

Ich fuhr ein paar Kilometer zwischen den Feldern nach Bausen und parkte unauffällig auf dem Dorfplatz neben einem Lieferwagen für Lebensmittel. Zwei magere Bäuerinnen mit Kopftüchern schäkerten in der sanften, kräftigen Mundart dieser Gegend mit dem Verkaufsfahrer. Bei der Anfahrt hatte ich die Gebäude, die zur Schmiede gehörten, schon entdeckt. Die Schmiede und die angeschlossenen Stallungen für Schweine und Hühner standen neben einer Gruppe von riesigen Eichen, auf der anderen Seite befand sich das Wohnhaus. Das alles lag ein wenig abseits der Häuser des Dorfes, dicht bei den Feldern. Verblüfft stellte ich fest, dass der Horizont sehr nahe schien. Ich ging zweimal an den Häusern vorbei um den Platz herum, betrachtete die Sprüche an den Balken über den Toreinfahrten und las, als sei ich ein Tourist, die frommen Verse aus Bibel und Gesangbuch, behielt aber die Schmiede im Blick. Dann sah ich ihn. Ein Mann verließ das Wohnhaus mit langsamen Schritten und blickte einmal kurz hinüber zur rußgeschwärzten Werkstatt. Die Blasebälge, der Amboss und die Vorrichtungen für den Hufbeschlag waren auch von meinem Standort aus gut sichtbar, weil jetzt die Sonne dorthin fiel. Der Mann ging gebückt, man sah trotzdem, dass er groß und kräftig war. Ich konnte sein Gesicht nicht erkennen, denn er hatte sich der Wiese hinter dem Hof zugewendet und war am Zaun stehen geblieben, hatte seine Armstümpfe auf die Holzstrebe gelegt. Ein Bild von Verlassenheit und gebrochener Kraft. Bei seinem Anblick fror ich unwillkürlich.

Ich stand fünfzig Meter entfernt, verdeckt von Holundergebüsch an einem Hofeingang, aber mir war, als stünde ich neben ihm, könnte ihn berühren, und ich fühlte eine starke Verbundenheit, einen Wunsch nach Freundschaft zu diesem Mann, den seine Leidenschaft fast das Leben gekostet hatte.

Was war diese Frau für ein Mensch gewesen, dass sie so viel Liebe und Schmerz auslösen konnte? Was hielt diesen Schmied, nach allem, was passiert war, noch am Leben? Gehörten solche Überlegungen in das Buch, das ich schreiben sollte? Würde ich über solche Leidenschaften schreiben *können?* Ich schob die Zweifel beiseite, ich war ja erst am Anfang meiner Recherchen und weigerte mich, solchen Bedenken Platz einzuräumen. Der Sog, den die Geschichte dieser Frau auf mich ausübte, wurde stärker.

Zufrieden fuhr ich nach Hause zurück, um die ersten Notizen zu Papier zu bringen, solange meine Eindrücke frisch waren, und um keine Einzelheiten zu vergessen.

Noch am gleichen Tag rief ich in Marlin an, um mich bei Anneliese zu bedanken und weil ich ein paar Fragen vergessen hatte.

»Sagen Sie: Ihre Tante hat in Afrika wenige Tage nach ihrer Ankunft in Bukoba den Missionar Kindermann geheiratet. Woher kannte sie ihn?«

Sie antwortete ohne zu zögern:

»Sie kannte ihn gar nicht. Er war Witwer, hatte ein unmündiges Kind, einen Jungen, soviel ich weiß, und mehrere Kirchen und Schulen zu versorgen. Ohne Frau war er aufgeschmissen und hatte der Missionsgesellschaft geschrieben und um Hilfe gebeten ... Friederike erfuhr davon. Sie witterte für sich die einmalige Chance, sofort ausreisen zu können, und war bereit, nach Bukoba aufzubrechen und ihn unter Umständen unbesehen zu heiraten – wenn Kindermann sie nehmen würde.«

»Ohne dass sie ihn kannte?«, fragte ich.

»Ohne ihn jemals gesehen zu haben! Aber nach allem, was wir in den Jahren erfuhren, muss sie ihn sehr geliebt haben. Die beiden führten eine gute und harmonische Ehe.«

»Wo stecken die Kinder?«, fragte ich.

»Sie sind noch in einem Heim der Mission in Ludwigslust. Friederikes Tochter Corvina, das adoptierte Negermädchen und auch der Junge. Wir hatten Friederike angeboten, sie hier auf dem Hof großzuziehen, wenn sie selbst nicht andere Pläne hätte. Hier sind schon viele Kinder groß geworden, müssen Sie wissen ... Aber sie schwieg darüber. Später würde man weitersehen, sagte sie.«

»Was wird nun aus ihnen?«, fragte ich.

Annelieses Stimme klang bekümmert, als sie antwortete: »Wir haben auch der Mission angeboten, alle drei Kinder zu uns zu nehmen. Hier wären sie gut aufgehoben, und wir sind ja die einzigen Angehörigen. Ob Kindermann noch andere Verwandte hat, wissen wir leider nicht ... Aber bisher hat niemand auf unsere Briefe geantwortet.«

»Anneliese, Sie haben mir erzählt, Ihre Tante sei mit einem Auto nach Marlin gekommen und sei mit diesem Auto nach Bausen zu Hermann Grohmeyer gefahren. Wo ist der Wagen geblieben?«

»Irgendjemand hat diesen Autoverleih informiert. Eine junge Frau kam, um ihn abzuholen. Als ich fragte, ob noch etwas zu bezahlen sei, sagte sie, es sei alles erledigt. Das kam mir zwar seltsam vor, aber ich dachte mir nichts weiter dabei.«

Ich bedankte mich bei Anneliese und legte auf. In Gedanken sah ich das Foto von Friederike vor mir stehen. Mir war, als schliche sich eine andere Zeitebene in diese Geschichte ein, wie um mich zu irritieren. War das alles in den letzten Jahren geschehen? War nicht auch vieles, das mir mein Vater in seinen letzten Tagen erzählte, von dieser Patina einer anderen Zeit und Wirklichkeit behaftet gewesen? Als kämen seine Geschichten aus einer anderen Welt? Oder lag das daran, dass ich ihn nur so wenig gekannt hatte? War mein Bild von den Menschen und ihren Leidenschaften bisher so lächerlich unvollständig oder oberflächlich gewesen? Mit einem Mal wurden mir jäh die engen Grenzen meiner bisherigen Erfahrungswelt deutlich.

Ein bisschen verärgert über meine Unsicherheiten machte ich mich am nächsten Morgen wieder an die Arbeit. Kaum hatte ich meinen Computer hochgefahren, schnurrte das Telefon. Missionar Schinsberg war am Apparat.

»Joseph Pollock hat angerufen. Er möchte für Friederike einen angemessenen Grabstein beschaffen und wollte den Namen der zuständigen Gemeinde wissen. Ich habe ihm weitergeholfen – und ihn um seine Adresse in England gebeten. Notieren Sie mal!«

Ich schrieb mir die Adresse auf: *22 Belgrave Court, Belgrave Road, Ventnor. Isle of Wight. Telefon 0044-983-853217*

»Hat er sonst noch etwas gesagt?«, fragte ich und kritzelte nervös mit meinem Bleistift auf einem alten Briefumschlag, den ich mir für die Notizen aus dem Papierkorb gefischt hatte. Schinsberg hüstelte und sagte dann zögernd:

»Stellen Sie sich vor: Er will Friederikes Tochter haben und nach England holen! Und die beiden anderen Kinder auch!«

»Was werden Sie tun?«, fragte ich.

»Wir müssen das prüfen. Wir kennen ja Mister Pollocks Beweggründe gar nicht. Ohne die Einwilligung der Familien können wir nichts entscheiden.«

Begegnung in Chatham

Am Tag vor meinen einundzwanzigsten Geburtstag traf ich Joseph Pollock in London. Ich hatte auf seinen Anrufbeantworter in Ventnor gesprochen, er rief nach einer Stunde zurück und fragte kurz angebunden, was mein Anliegen sei. Er versuchte zunächst, mich abzuwimmeln; es sei ein blödsinniger Gedanke, über eine gerade verstorbene Missionarin eine Heiligenlegende zu schreiben.

»Was soll der Unsinn? Außerdem kann ich Ihnen sowieso nichts Interessantes erzählen ...«

Er habe sie während der Zeit ihrer Missionstätigkeit nur zwei- oder dreimal flüchtig gesehen. Pollock wollte wissen, wer denn auf die komische Idee eines solchen Buches gekommen sei – und warum ich mich für eine solche Aufgabe hergebe ...

»Ich muss Geld verdienen«, sagte ich, weil mir keine bessere Begründung einfiel.

»Wer sind Sie?«, fragte er unfreundlich, ohne darauf einzugehen.

In wenigen Worten umriss ich meinen bisherigen Lebensweg, ohne allerdings mein Alter zu erwähnen.

»Sie sind in Afrika geboren?«, fragte er beiläufig.

»In Kilimatinde«, sagte ich.

»Gratulation«, sagte er mit sarkastischem Unterton. »*Really a wonderful small town!* Können Sie nach London kommen?« Überrascht von seinem plötzlichen Sinneswandel, sagte ich spontan zu. Er nannte mir Datum und Uhrzeit und die Adresse eines Hotels mit Namen *Claridge's*. Irgendwie schien ihn mein afrikanischer Geburtsort zu interessieren.

Es war mein erster Besuch in London und ich irrte, den Stadtplan in der Hand, eine gute Stunde lang herum, bis ich in der Brook Street vor dem Nobelhotel *Claridge's* stand. Es war ein exklusives Haus, darüber konnte auch die bescheiden wirkende rote Backsteinfassade nicht hinwegtäuschen.

Eine so vornehme Gegend, überhaupt die Welt der Reichen, verursacht mir Magendrücken, vermutlich weil ich aus kleinen Verhältnissen stamme. Ich habe gelernt, diese Unsicherheit durch Witzeleien und Ironie geschickt zu überspielen. So würde ich es auch bei Pollock machen, hatte ich mir vorgenommen.

Am Empfang versuchte ich, selbstbewusst aufzutreten, und fragte nach Mister Joseph Pollock. Man schickte mich über einen langen Flur in den so genannten *Reading Room*. Der dicke Teppich schluckte jedes Geräusch meiner Schritte. Pollock war allein in der reich mit Büchern ausgestatteten Bibliothek. Auf dem Tischchen stand ein Glas, vermutlich war es Whisky. Pollock hatte in einer Zeitung gelesen, den Titel konnte ich nicht erkennen.

Ich trat an seinen Tisch und stellte mich vor. Er betrachtete mich abschätzend, bevor er mir die Hand gab und auf den Sessel gegenüber wies. Dann fragte er mich noch einmal, als hätten wir nicht ausführlich telefoniert, was ich mit Afrika zu tun habe und warum mich Friederike Ganse interessiere. Ich leierte meinen Spruch herunter. Mein Vater habe in Kilimatinde fünfundzwanzig Jahre lang als Missionar gearbeitet, ich sei dort geboren und mein Vater im vergangenen Jahr gestorben; mich interessiere das Schicksal der Friederike Ganse als Autor; ich hätte einen lohnenden Auftrag der Missionsgesellschaft, über sie zu schreiben. Ich könne das Geld gut gebrauchen, wiederholte ich.

»Wie hieß Ihr Vater? Geldermann?«, fragte er. »Wie ist er gestorben?« In seinen Augen zeigte sich nichts weiter als sachliches Interesse.

»Er hat sich umgebracht«, sagte ich so leichthin wie möglich, um die Erregung zu überspielen, die mich jedes Mal befiel, wenn ich von seinem Tod sprach. »Er hatte Krebs und hätte sowieso nicht mehr lange zu leben gehabt. Da hat er doch lieber freiwillig den Löffel abgegeben.« Ich lachte albern.

Pollock schwieg, steckte sich eine Zigarette an und blies den Rauch gedankenverloren gegen den schweren Vorhang zu seiner Linken.

»Ich habe von Ihrem Vater nur gehört ...« Er sah mich an. »Heinrich Geldermann hat sich umgebracht?«, murmelte er, ohne den Blick von mir zu wenden. »Mein Beileid, junger Freund. Ich wusste nicht, dass er einen Sohn hat ...«

Ich schwieg verstockt. Zu dem Thema würde ich nichts erzählen. Was man mit seinem Vater zu tun hat, geht keinen Fremden etwas an.

Als Pollock mich aufgefordert hatte, nach London zu kommen, hatte er es nicht für nötig gehalten, mich zu fragen, ob ich eine solche Reise überhaupt bezahlen konnte. Mit derartigen Problemen – das verstand ich jetzt, wie er da so sicher und selbstbewusst vor mir saß – hielt sich ein Mann aus seinen Kreisen offenbar nicht auf.

Als ein Kellner in Livree hereinkam und diskret fragte, bestellte ich ein Glas Whisky und einen Kaffee. Dabei betrachtete ich Pollock aus den Augenwinkeln. Er trug einen schwarzen

Anzug aus feinstem Stoff mit einem weißen Hemd. Sein gestutzter dunkler Vollbart gab seinem Gesicht einen altmodischen Ausdruck, wie man es von alten Fotos aus der Zeit der Segelschiffe kennt. Seine Augen, die vermutlich braun waren – ich konnte es nicht richtig erkennen –, wirkten streng. Sein Vertrauen würde ich vermutlich nicht so leicht gewinnen. Sah so ein Spekulant aus?

Ich dachte unwillkürlich an den Artikel in dem britischen Wirtschaftsmagazin, auf den ich durchs Internet aufmerksam geworden war und der über Pollock berichtet hatte. Ein einziger Glücksgriff hatte sein ohnehin fettes Konto und luxuriöses Leben noch verbessert. Für relativ wenig Geld hatte er die Forschungsunterlagen eines vor fünfzig Jahren verstorbenen deutschen Geologen von dessen afrikanischem Sohn erworben, er hatte sie sorgfältig durchgearbeitet – die Daten des Geologen enthielten völlig neue Erkenntnisse über Gestein, Bodenbeschaffenheit und über das Alter der Gebirge in Ostafrika. Pollock entdeckte darin ungeahnte Möglichkeiten, Edelsteine, Gold oder anderes zu finden. Er ließ sich ein Jahr lang Zeit für die Vorbereitungen, um auch jedes Detail zu bedenken. Er konzentrierte sich auf Edelsteine, Gold würde man, da war er sehr schnell sicher, vergeblich in Ostafrika suchen. Auch wenn es Gerüchte gab, am südlichen Zipfel des Tanganjikasees sei bereits Gold gefunden worden.

Joseph Pollock betrieb den Abbau dieser Edelsteine nicht unter eigener Regie. Er gewann das Interesse einer britisch-amerikanischen Bergwerksgesellschaft aus Südafrika und sicherte sich vertraglich einen Anteil an allem, was gefunden wurde.

Bei unserem ersten Gespräch in dieser eher muffigen, aber stilvollen Bibliothek wusste ich noch wenig von ihm, weder etwas von seiner Herkunft noch von seiner Scheidung, von seinen Söhnen und auch nichts von seiner verschollenen Mutter und ihren abenteuerlichen Lebensumständen.

Vor allem ahnte ich nichts von seiner Beziehung zu Friederike Ganse.

Wir sprachen bei dieser ersten Begegnung kaum über sie, obwohl sie ja der Grund meiner Reise war. Er ging dem Thema geschickt aus dem Weg, quälte mich dafür mit – in meinen Augen völlig überflüssigen – Fragen nach meinem letzten Besuch in Marlin und bei dieser Bauernfamilie, nach den letzten Begegnungen mit meinem Vater und seiner Leidenschaft für den Missionarsberuf ...

Auch später, als wir uns wiedersahen, vergaß Pollock selten, in unseren Gesprächen meinen Vater zu erwähnen. Ich war selbst überrascht, dass ich mehr und mehr bereit war, darüber zu sprechen. Vielleicht, so dachte ich später, wünschte ich mir Pollock unbewusst als Vaterersatz, als väterlichen Freund?

Was ihn an Papa interessierte, blieb für mich zunächst schleierhaft. Erst als ich von ihm erfuhr, er habe seinen eigenen Vater nie gekannt, ahnte ich etwas von seinen Beweggründen, über das Vaterthema zu sprechen.

In diesem stillen Raum, die Whiskygläser vor uns, begann er schließlich, irgendwelche Geschichten aus seinem Leben in Afrika zu erzählen. Ich versank in den breit vorgetragenen Erinnerungen an Autoreisen, Pannen, Schiffsfahrten und kuriosen Begegnungen wie in dem tiefen Sessel des teuren Hotels. Seine Erzählung und der Whisky benebelten mich. Manchmal nickte Pollock mir bedeutungsvoll zu, ohne dass mir bewusst wurde, warum. Nach dem fünften Glas sagte er mir abrupt mit einem Blick auf die Armbanduhr, er müsse nun gehen, und fragte, ob es noch etwas zu besprechen gebe.

Ich schreckte auf. Was ist los mit diesem Mann?, dachte ich. Ich suche mühsam einen Billigflug nach London, um etwas über die Missionarin Friederike Ganse zu erfahren, und er bricht unvermittelt das Gespräch ab …

»Wir haben noch kein Wort über Friederike Ganse gesprochen«, entfuhr es mir. Ich war empört. »Aus dem Grund bin ich doch hier!«

»Richtig, richtig«, sagte er zerstreut und ich merkte, dass er leicht angetrunken war.

Er zog eine Visitenkarte aus seiner Anzugjacke. »Entschuldigen Sie, aber das fällt mir manchmal noch schwer … Wenn es Ihnen nichts ausmacht, Nick, kommen Sie morgen gegen Mittag nach Chatham, ich lade Sie ein. Wir haben dann den Nachmittag und den Abend. Sie übernachten bei uns, Sie sind mein Gast, ja? Dann erfahren Sie alles, was Sie wissen wollen.«

»Wohnen Sie denn nicht auf der Isle of Wight?«, fragte ich irritiert.

»Doch, doch«, entgegnete er unwillig und trat zur Tür. »Aber ich habe kürzlich ein Anwesen in Chatham gekauft. Das liegt nahe bei London. Also, bis morgen.«

Er reichte mir die Hand.

»Wie komme ich nach Chatham?«, fragte ich und blickte auf seine Karte.

»Sie nehmen an der Victoria-Station den *South Eastern Train* nach Chatham. Dann sind Sie ungefähr fünfzig Minuten später da. Nehmen Sie ein Taxi zum *Longstone Cottage*, es kostet nicht viel.«

Während wir uns verabredeten, verließen wir langsam den *Reading Room* und traten an die Rezeption. Dort ließ mich Pollock einfach stehen, nickte den Männern hinter dem Tresen zu und verschwand durch die Drehtür im Trubel der Londoner Innenstadt.

Ich suchte ein Reisebüro auf und erfuhr, dass ich mein Rückflugticket auch auf ein paar Tage später umbuchen konnte. Dann nahm ich einen Bus nach Soho, reservierte ein billiges Hotelzimmer und strich bis zum Schlafengehen durch den berüchtigten Stadtteil. Es begann zu regnen, von wildem Nachtleben auf den Straßen und in den Kneipen, wie ich es aus Kriminalromanen kannte, konnte keine Rede sein.

Die Zufahrt zu Pollocks Anwesen war breit, mit Kastanien bewachsen und gut und gern hundert Meter lang. Die Reifen des Taxis knirschten auf dem Kies. Das zweistöckige Gebäude aus roten Backsteinen wirkte seltsam unauffällig, auch der Eingang mit seinem simplen Vorbau war eher schlicht gehalten. Das Haus lag fast versteckt hinter ausladenden Buchen und einer hohen dichten Hecke aus einem Tannengewächs, das sorgfältig gestutzt worden war. Der schweigsame Diener, dessen Namen ich während meines Aufenthaltes nie erfahren habe, war kaum jemals zu sehen und doch überall anwesend. Er schien sich um alles zu kümmern, auch um die Gartenanlagen und eine erstaunliche Rosenzucht. Wenn er gerade nichts anderes zu tun hatte, telefonierte er. Offensichtlich war er auch für die Kontakte zu Pollocks Firmen zuständig.

Soweit man das als Gast überblicken konnte, war im Innern des Hauses alles in einer tadellosen britischen Ordnung. Eine solche Ansammlung von alten, gut gepflegten Möbelstücken, erlesenen Bildern und geschmackvollen Utensilien – und wie sie wie zufällig angeordnet und aufgestellt waren – kannte ich bisher nicht. Ich bekam ein fantastisch ausgestattetes Gästezimmer mit eigenem Bad. Es gab, so erfuhr ich von der jungen blonden Angestellten Helen, die mir eine Karaffe Wasser ins Zimmer brachte, geregelte Essenszeiten.

Sie war offensichtlich froh, dass endlich mal ein Gast im Haus war, und zog alle Gespräche mit mir in die Länge. Ich erfuhr, dass sie aus Südafrika stammte und Pollock in einem Ort namens Bagamoyo begegnet war, wo sie im *Travellers Lodge* gearbeitet hatte. Ihr neuer Chef habe sie vor fast einem Jahr dort angerufen und einfach gefragt, ob sie für ihn arbeiten wolle ...

Um 16 Uhr wurde im Park der Tee serviert, wenn das Wetter es erlaubte. Sonst saß man in bequemen Sesseln in der Bibliothek.

Mein Aufenthalt in *Longstone Cottage* dauerte fast eine Woche. Am ersten Tag meines Besuches hatte ich den Eindruck, als belauere Joseph Pollock mich; die Gespräche blieben recht allgemein und unverbindlich. Dann schien er, und so erging es mir auch, alle Gedanken an ein Buch über eine nette fromme Frau vergessen zu haben. Was er mir aus seinem – und aus ihrem gemeinsamen – Leben berichtete, erzählte er auf eine persönliche, fast intime und manchmal sehr emotionale Art und Weise. Seine Erzählungen hatten fast etwas von einer Beichte an sich, so schien es mir zumindest. Offensichtlich hatte er Vertrauen zu mir gefasst.

Wenn sich Schiffe im Dunkeln auf hoher See begegnen, dachte ich einmal nach vielen Stunden mit Pollock, als ich gegen Mitternacht wach in meinem Bett lag und auf das Rauschen der Buchen hörte, dann suchen sie die Nähe. Oder sie bombardieren sich gegenseitig.

Was ich in den folgenden Tagen erfuhr, nahm in meinem Innern machtvoll Raum ein; damit entfernte ich mich von meinem Auftrag, wie ich ihn bisher aufgefasst hatte. Die Geschichte, die Pollock mir erzählte, war so intensiv, dass ich sie nur allmählich, Schritt für Schritt, erfassen konnte. Sie kam mir vor wie ein überwältigender Bilderbogen.

In Gespräche vertieft stapften wir über feuchte Wiesen und Feldwege Südenglands. Pollock hatte oft seinen Arm um meine Schultern gelegt, als sei ich sein erwachsener Sohn. Beim Abschied hatte er Tränen in den Augen, die ich nicht mehr deuten musste. Er hatte mir seine Lebensgeschichte anvertraut.

Zweiter Teil

Sie segnete die Kühe

Die Ruhe auf Bauernhöfen an sonnigen Sommersonntagen hat etwas Feierliches. Die Bewohner richten ihre Höfe entsprechend her, indem sie am Samstag fegen und rechen, überall aufräumen und die Arbeitsgeräte des Alltags in Schuppen und Scheunen verbergen. Sogar die Wege in den Gärten sind geharkt und die Bordsteine an der Straße gefegt. Die Hühner und der Hofhund scheinen sich weniger auffällig zu benehmen, auch die Schwalben sind zurückhaltender als sonst mit ihrem Geschrei.

Für einige Bauern gehört ein Kirchgang am Morgen zu diesem Tag, um das gute sonntägliche Ritual abzurunden. Die Bauerntochter Friederike Ganse vom Hof Nummer drei in Marlin liebte alle kirchlichen Zeremonien, um die Sonntage zu heiligen und sie als Höhepunkt der Woche zu feiern.

Nach dem Gottesdienst im nahe gelegenen Nachbarort Zebelin ging sie in den Stall, schloss die Türe und segnete die Kühe. Sie tat es bedächtig und leise und murmelte ihren Segen, wie sie es in einem Film bei römisch-katholischen Priestern gesehen hatte. Nach dem Dämmerlicht des Stalls wieder auf dem sonnenbeschienenen Hof, griff sie nach der Kanne und goss die Geranien auf den Fensterbänken des Schweinestalls; vorsichtig, damit nur das Wurzelwerk Wasser bekam. Über die Läuse an den Rosen sah sie hinweg.

Sie ging ins Haus und schaltete in der Küche den Elektroherd an, um ihrem Vater das Essen vom Vortag aufzuwärmen. Niemand hatte gekocht, denn ihre Schwester war mit ihrem Mann und ihren Kindern, einer Tochter und zwei Söhnen, für ein paar Tage zu Verwandten ins Rheinland gereist. Friederike war glücklich, allein im Hause zu sein. Niemand störte sie in ihren Gedanken und Fantasien.

Während sie mit dem Geschirr hantierte, stellte sie sich vor, sie hätte wie ihre Nichte noch zwei Brüder, die ihr gar nicht wohlgesonnen waren und gegen die sie sich ständig wehren müsste. Sie stellte sich vor, dass sie von ihnen schlecht behandelt würde, dass sie an Sonntagen früh aufbrachen, um irgendwo mit Kumpanen Feste zu feiern und betrunken zurückzukehren. Sie würden es nicht für nötig halten, ihr zu sagen, wo sie gewesen waren, und würden nach der Heimkehr lautstark und grob ihr Essen verlangen. Sie sah die zwei Kerle vor sich am Küchentisch, mit fordernden und frechen Gesichtern. Sie empfand geradezu körperlich ihr eigenes Leid und die Demütigungen, die sie ihr antun würden, und war den Tränen nah. Verzückt schloss sie einen Moment lang die Augen.

Sie würden die halbe Nacht in der Küche rumoren und ihr keinen Schlaf gönnen ...

Sie würden sie manchmal schlagen ...

Wenn sie beim gemeinsamen Mittagstisch endlich von ihrem großen, lang ersehnten Vorhaben sprechen würde, so stellte sie es sich vor, würde einer der Brüder brutal ihren Nacken umklammern, wutverzerrt ihr Gesicht in die Suppe drücken und sie demütigen. Ihr Gesicht würde von der heißen Suppe voller Brandblasen sein und sie entstellen. Sie würde auch dieses Leid still ertragen ... Denn das sollte ihre Rache sein.

Sie werden mich erst brauchen, wenn ich nicht mehr da

bin ... Welch ein triumphierender Gedanke in der friedlichen Sonntagsstille! Sie stand am Fenster und lauschte den Geräuschen auf dem Herd. Sie sah eine Nachbarin in ihrem Garten und winkte zurück, ohne verstanden zu haben, was sie ihr zurief. Später saß sie neben ihrem Vater, der schweigend in den Kartoffeln stocherte. Ihr alter lieber Vater! Er würde sich zur Mittagsruhe zurückziehen, so, wie er es liebte, und dann hatte sie Zeit für sich. Sie räumte den Tisch ab, saß etwas verlassen am Fenster und schaute über die moorige Wiese zum Wald hinüber.

Wenn man wirklich glauben will, glaubt man schließlich auch, dachte sie.

Sie faltete die Hände, wie es Protestanten tun, und betrachtete sie, dann aber legte sie sie aneinander wie die Katholischen. Sie lächelte dabei und ihre Augen blitzten, bekamen einen heftigen leidenschaftlichen Zug, so als sei sie nicht allein und würde ihre Handbewegungen irgendjemandem zeigen, um damit etwas zu beweisen.

Dass uns werde klein das Kleine und das Große groß erscheine, summte sie vor sich hin.

Friederike Ganse hatte braune Augen und einen vollen Mund. Ihre Stirn war hoch und die leicht gewölbten Backenknochen gaben ihrem Gesicht einen slawischen Ausdruck. Keine Einzelheit ihres Gesichtes war wirklich schön zu nennen, bis auf die dicken braunen Haare vielleicht, und niemand hatte sie je eine schöne Frau genannt. Nicht einmal ihr Verlobter, der junge Schmied aus dem Nachbardorf Bausen. Vielleicht fehlte ihrem Gesicht die gut abgestimmte Harmonie, die es brauchte, um die Aufmerksamkeit der Welt auf sich zu ziehen. Sie wusste das alles, aber es störte sie nicht. Die Männer waren trotzdem verrückt nach ihr. Sie lächelte ...

Sie sah sich in der Küche um, betrachtete die Konfirmationssprüche ihrer Eltern, die gerahmt an der Wand hingen.

Wenn man glaubt, kann man Berge versetzen, dachte sie, und dann, dass in einer Stunde, wie jeden Sonntag, ihr Verlobter Hermann Grohmeyer kommen würde. Sie hatte noch nicht entschieden, ob sie es ihm heute sagen würde. Besser, wir sprechen nicht hier im Haus über diese Angelegenheit, besser auf der Straße oder auf dem Dorfplatz! Dann ist es weniger schwierig für ihn. Sie dachte auch an seine starken Hände und seine Leidenschaft, wenn er mit ihr schlief, und dass er von ihr erwartete, auch heute mit ihm in den Wald zu gehen in ihr Versteck, das sie mit frischem Heu und einer Decke ausgestattet hatten. Der Gedanke erregte sie heftig, aber das ging rasch vorbei und ihr Gesicht zeigte bald einen entschlossenen Zug. Sie würde ihm entgegenlaufen, sie würden gemeinsam bis zum Waldrand gehen, und dann würde sie es ihm sagen. Sie hatte nicht wirklich Angst davor, noch tat er ihr Leid. Obwohl sie wusste, dass Hermann sie liebte. Es musste eben sein.

Hermann Grohmeyer und sie waren seit drei Jahren verlobt. Er hätte ohne Mühe eine der wohlhabenden schönen Bauerntöchter für sich gewinnen können, aber er liebte Friederike. Sie ging bei den Grohmeyers ein und aus, sorgte sich schon um die künftigen Schwiegereltern und hängte ihnen die Gardinen auf. Es waren die ersten Gardinen im Hause der Grohmeyers, denn der Schmied war arm, ärmer noch als die meisten Bauern in dieser Gegend, wo die Äcker oft nicht mehr als 15 Zentner Roggen auf den Morgen brachten.

Es hat keinen Sinn, es aufzuschieben, dachte sie. Sie hatte heimlich die Koffer gepackt. Niemand im Haus hatte es bemerkt, wer warf schon einen Blick in ihr Zimmer?

Dass uns werde klein das Kleine und das Große groß erscheine …

Die Zeilen, die sie im Gottesdienst gehört hatte (war es ein Lied gewesen?), hatten sie wieder aufgewühlt, stärker noch als alle Träumereien der letzten Jahre. Viele Abende lang hatte sie über zwei alten schwarzen Büchern gesessen, die ihr heimlicher Besitz waren und die sie unter Gerümpel, gebrauchten Kleidern und verschmutzten Bildern bei einem Trödler in Lüchow, an der Ausfallstraße nach Clenze, entdeckt hatte. Bücher mit wenigen Worten und vielen fremden Karten aus der ganzen Welt: *Grundemanns Kleiner Missions-Atlas* von 1886 und *Grundemanns Neuer Missions-Atlas mit besonderer Berücksichtigung der Deutschen Missionen* von 1896. Beim ersten Durchblättern, das lag sicher zehn Jahre zurück, fand sie ein kostbares Blatt, das sie immer wieder lustvoll betrachtete: ein Verzeichnis aller Missionsgesellschaften. Mit Feuereifer lernte sie die fremden Namen und alle Abkürzungen auswendig. *CI* war die *China Inland Mission, EP* waren die *Englischen Presbyterianer, Fr* die *Friends,* auch *Quäker* genannt. Entzückt ließ sie die fremden Wörter auf sich einwirken, die ihr Wunderbares verhießen und ihre Fantasie beflügelten. Sie fühlte sich gut und war dabei aufgeregt, gerade weil sie noch *nicht* entschieden hatte, ob sie eine *Neuendettelsauer* sein würde oder eine von der *Sierra Leone Church* … Auch das Wort *Darbysten* hatte es ihr angetan (waren sie vielleicht besonders arm und darbten?).

Niemand in Marlin ahnte, dass sie sich die englische Sprache schon selbst beigebracht hatte, ohne je eine Gelegenheit zu haben, sie offen auszuprobieren. Im Wald dagegen, wenn sie allein war, oder wenn sie auf dem Heidmoor ihre Kühe hütete, sprach sie Englisch, und manchmal tat sie es, wenn sie Kühe oder Pferde segnete. Sie murmelte auch englische Sätze und ganze Abschnitte aus der englischen Bibel, während sie auf dem Melkschemel im Kuhstall saß, die Stirn an den Bauch der Kuh gedrückt, und die Euter leer molk.

Dass uns werde klein das Kleine und das Große groß erscheine.

Welche Macht hatten solche Worte?! Welche Geheimnisse steckten in ihren so wortkargen, aber behüteten schwarzen Büchern! Sie fühlte sich als Mitglied einer Siegerkaste, Teilnehmerin in einem geheimen Pakt, die der Herr dieser wundersamen fremden Missionsgesellschaften mit ihr geschlossen hatte.

Ihr Bruder war vor Jahren fortgegangen, nachdem er sich mit seinen Eltern zerstritten hatte. Er hatte »Missionar studiert«, wie man auf dem Dorf sagte, und war nach Afrika gereist. Würden sie sich begegnen? Sie erwog, ihm zu schreiben und ihre Pläne mit ihm zu besprechen. Aber etwas hielt sie davon ab ...

Ihr Bruder Friedrich-Wilhelm war ein frommer Mann. Er *glaubte* von ganzem Herzen und würde nie verstehen, warum sie, Friederike, Zweifel hatte, in rechter Weise glauben zu können. Irgendetwas, so schien es ihr, fehlte noch dazu. Sie würde sich alle Mühe geben, alle Opfer auf sich nehmen, um das große Ziel zu erreichen.

Dabei liebte sie doch alles, was mit diesem Glauben zu tun hatte! Sie liebte das Predigen, das Gebet, das Segnen. Sie liebte die Frömmigkeit und guten Taten. Und sie liebte es, mit Männern zu schlafen und sie zu verführen.

Vor Hermann hatte sie Paul, den hübschen, aber dummen Milchprüfer und Kuhklauenbeschneider geliebt und mit ihm heimlich Nächte verbracht. Vor Paul war es ein Lehrer der Grundschule gewesen, vor dem Lehrer der Tierarzt aus Uelzen. An Gott musste man glauben, Männer musste man lieben; das war ihre einfache Gleichung. Aber vielleicht liebte sie diese Männer nicht wirklich, vielleicht musste sie etwas Höheres lieben, wenn sie echte Liebe kennen lernen wollte! Friederike war entschlossen, Hermann Grohmeyer endlich den Abschied zu geben.

Später, als sie auf der *Andrea Doria* mit Joseph Pollock über den Schmied sprach, sagte sie beiläufig:

»Nachdem er von meinen Plänen erfuhr, nach Afrika zu gehen, hat er eine Dummheit begangen, dieser sture Kerl!«

Hermann glaubte einige Tage lang, Friederike würde Scherze mit ihm treiben. Dann dachte er, er könnte sie überreden, ihre unsinnigen Afrikapläne fahren zu lassen. Am neunten Tag schlug er sie, wie man es auf dem Land mit ungebärdigen Frauen zu tun pflegt und wie er es von seinen Eltern und Nachbarn kannte, um sie »zu Verstand zu bringen«.

Als er einsehen musste, dass er Friederike für immer verlieren würde, beging er »seine Dummheit«, wie sie es später nannte – und verlor beide Hände. Da aber war Friederike längst abgereist und hatte ihm eine belanglose Abschiedskarte aus Ludwigslust geschrieben.

Das Entsetzen, die schwarze Leere in seinem Innern, hatte ihn nachts überfallen, als er im Bett lag und sogar schon eingeschlafen war. Er fühlte plötzlich die ewige Einsamkeit, die ihn nie mehr verlassen würde, und beschloss sein Leben zu beenden. Wie sollte er es anstellen? Er dachte ganz nüchtern darüber nach, während er aufstand und sich anzog. Er zerrte an dem Gürtel seiner staubigen braunen Kordhose, er war ihm zu weit, Hermann war mager geworden. Er vergaß auch nicht, die Mütze aufzusetzen, ohne die er nie aus dem Haus ging. Als er an der offenen Schmiede vorbeischritt, roch er

Horn von den abgefeilten Hufen der Pferde. Ihr schwarzer Hund begleitete ihn nur bis zum Tor zu ihrem Grundstück, legte sich dann nieder und sah ihm nach. Es war fast Vollmond, auf den Wiesen vor Prießeck und Granstedt lag leichter Nebel und verschluckte die Geräusche des Waldes. Irgendwo quakten die Frösche. Er zog ein kleines Stemmeisen aus seiner Hosentasche und öffnete fast lautlos den versiegelten Starkstromkasten auf dem Dorfplatz, der längst hätte abmontiert werden sollen. Wir wissen nicht, was seine letzten Gedanken waren, als er wohlüberlegt seine Schuhe abstreifte, die nackten Füße in das nasse Gras stemmte und mit beiden Händen in die offen liegenden Drähte fuhr. Funken stoben in sein Gesicht, versengten ihn und seine Kleider, bis er hintenüber ins Gras fiel und dort liegen blieb. Das alles war ohne laute Geräusche vonstatten gegangen; Hermann hatte keinen Schrei von sich gegeben. Er erwachte sechs Tage später mit verbundenen Armen.

Die linke Hand hatte er bis an den Handansatz verloren, den rechten Arm bis zum Ellenbogen. Vier Monate lang lag er im Krankenhaus in Dannenberg, bis die Wunden verheilt waren. Es zeigte sich bald, dass es keine Prothesen gab, die es ihm ermöglichten, weiterhin seinen Beruf auszuüben. Er verweigerte sowieso jede Form von Prothese, ohne dies den Menschen in seiner Umgebung oder den Ärzten näher zu begründen. Er fing stur an, sein Leben ohne Hände zu organisieren.

Friederike absolvierte die Vorbereitungszeit in Tübingen und Ludwigslust mit guten Ergebnissen. Sie kam für einen Abschiedsbesuch zu ihrer Familie nach Marlin. Hermann machte sich auf den vier Kilometer langen Weg, um Friederike noch einmal zu sehen. Die Familie Ganse saß am Mittagstisch. Wilhelmine, Friederikes Schwester, forderte Hermann auf, am Tisch Platz zu nehmen und mit ihnen zu essen. Friederike kramte in der Schrankschublade, holte einen Gummiring hervor, wie man ihn für Einmachgläser benutzt, und befestigte einen Löffel an Hermanns linkem Stumpf, damit er die zerkleinerten Kartoffeln, die Erbsen und das für ihn zurechtgeschnittene Fleisch essen konnte.

Ich hätte Hermann gerne gepflegt, ging es Friederike durch den Kopf. Aber sie sagte es nicht. Ich muss nach Afrika für größere Aufgaben, dachte sie.

Dass uns werde klein das Kleine und das Große groß erscheine ...

Wenige Wochen nach dem Abschiedsbesuch in ihrem Elternhaus bestieg sie in Genua die *Andrea Doria*, um nach Dar es Salaam zu reisen. Sie hatte ein Ticket zweiter Klasse. Als der Kapitän ihre Berufsbezeichnung »Missionarin« in der Passagierliste las, ließ er es sich nicht nehmen, sie in ihrer Kajüte aufzusuchen und sie zu bitten, zum Essen während dieser Reise in die erste Klasse zu kommen; da sei ein Platz für sie reserviert.

Auf der Andrea Doria

Auf der *Andrea Doria* läutete die Schiffsglocke zum ersten Abendessen nach der Abreise von Genua. Der schwere Dampfer lag ruhig auf dem Wasser und stampfte in gleichmäßigem Rhythmus durch die flachen Wellen des Mittelmeeres. Joseph Pollock verließ seine Kabine. Er hatte sich zum Essen umgezogen, wie es sich auf einem solchen Schiff in der ersten Klasse schickte.

Seine Augen waren angestrengt, weil er sich den ganzen Nachmittag in alte Reisebeschreibungen und Handschriften vertieft hatte, die ihm zufällig in der Bibliothek des Schiffes in die Hände gefallen waren. Seine innere Abwesenheit nach der stundenlangen Lektüre gaben seinen Gesichtszügen etwas Versonnenes. Der Steward begrüßte ihn mit seinem Namen und führte ihn an einen runden Tisch, an dem schon vier Personen Platz genommen hatten.

Zu seiner Rechten lächelte ihm ein älteres italienisches Ehepaar freundlich entgegen, das sich bemühte, englisch zu sprechen, als er mit einer leichten Verbeugung und einem gemurmelten Gruß Platz nahm. Es wäre nicht unbedingt nötig gewesen, sich vorzustellen, denn vor jedem Platz stand ein kleines dezentes Namenskärtchen. Joseph gegenüber saß ein katholischer Geistlicher, er war ziemlich mager. Der Beruf des Mannes war an seiner Kleidung zu erkennen: Er trug ein seidenes Kollarhemd in elegantem Grau mit jenem weißen Kragenspiegel, den Spötter auch »Kalkleiste« nennen. Er schien aus Österreich zu stammen, das jedenfalls verriet sein Akzent, mit dem er italienisch und englisch parlierte. Er beherrschte beide Sprachen hervorragend. Links von ihm, also zwischen dem Priester und Pollock selbst, saß eine Frau von vielleicht dreißig Jahren. Sie hatte ihre dunkelblonden Haare zu einem Knoten gebunden, auffallend war ihr altmodisch wirkendes Kleid mit Rüschen an der Hüfte und an den Ärmeln. Pollock sah Hände von ungewöhnlichem Charakter. Sein Blick blieb auf diesen Händen haften, noch bevor er ihr Gesicht richtig angesehen hatte, weil sie ihm auf unbegreifliche Weise ein Inbegriff von Sinnlichkeit und Kraft zu sein schienen. Es waren nicht die Hände einer Person, die ihr Leben in Müßiggang verbracht hatte. Im Gegenteil, Pollock sah die Spuren von harter Arbeit und, wie er vermutete, von Armut. Unwillkürlich stellte er sich vor, diese Hände würden seinen Hals, seine Hüfte umfassen, und er spürte Erregung. Die Erfahrung, durch die Nähe einer Frau derart verwirrt zu werden, war ihm neu und er versuchte die Faszination als etwas Ungehöriges abzuschütteln und jeden Gedanken daran zu vertreiben. Wie hatte diese Frau die erste Klasse bezahlen können?, überlegte er und nahm sich vor, gelegentlich den Kapitän danach zu fragen. Erst jetzt sah Joseph zu ihrem Gesicht auf und blickte in zwei braune Augen, die ihn offensichtlich schon längere Zeit gelassen, aber auch mit einer nervösen Spannung betrachtet hatten, während er in den Anblick ihrer Hände vertieft gewesen war. Sie hatte alles gesehen, was er dachte und fühlte, ein leichtes Lächeln deutete es an. Sekundenlang sahen sie sich beide in die Augen und merkten nicht, dass sie vor einem Absprung standen.

»Joseph Pollock«, murmelte er und hüstelte nervös, als der Priester mit einer ungewöhnlich hohen Stimme vorschlug, man solle doch ein bisschen mehr voneinander wissen, wenn man schon eine so schöne Reise gemeinsam unternehmen würde. Der italienische Ehemann erzählte etwas über seine Familie im Süden des Landes, regelmäßig unterbrochen von bissigen Bemerkungen seiner Frau. Doch das entging Pollock, der immer noch abgelenkt war. Dann redete der Priester über seine Universität in irgendeiner italienischen Ortschaft (oder war es in Österreich?), über Aufgaben für den Vatikan und sein neues Arbeitsfeld in Ostafrika direkt am Bischofssitz am Victoriasee.

»Die Kirche schickt ihren getreuen Diener ins Paradies!«, sagte er. Da sei so einiges zu tun, fügte er mit einem anzüglichen Lächeln hinzu, die afrikanische Krankheit Korruption mache auch nicht vor geheiligten Türen, nicht einmal vor denen des Erzbischofs Halt ... Joseph Pollock riss sich vom Anblick der faszinierenden Frau los und ergriff das Wort, da er an der Reihe war.

»Ich bin Joseph Pollock aus London. Eigentlich aus Ventnor«, murmelte er. Die Frau an seiner Seite bewegte ihre Hände leicht in seine Richtung, wie Joseph aus den Augenwinkeln sah. Keine ihrer Regungen entging ihm, auch wenn er sich den anderen Tischnachbarn zugewendet hatte. »Ich bin in London aufgewachsen und lebe dort. Mit meiner Frau und drei Söhnen. Ich bin Wirtschaftsanwalt – und auf dem Weg zu einem Freund nach Tansania.« Er sah in die Runde und seine Tischnachbarn nickten ihm lächelnd zu. Dann richteten sich alle Blicke auf die nicht mehr ganz junge Frau, die so bewegt und sichtlich interessiert mit leicht geöffnetem Mund zugehört hatte. Auf ihrem Gesicht breitete sich jetzt Röte aus und ein verlegenes Lächeln, das nicht ohne Eitelkeit war, wie es Joseph erschien. Sie erinnerte ihn an die Zeichnung einer jungen Frau von Giotto.

»Ich heiße Schwester Friederike – Friederike Ganse«, begann sie und neigte anmutig ihren Kopf. Ihre Stimme packte ihn in seinem Innern, sie war brüchig und tänzelte, als ginge sie leicht über das Wasser. Inzwischen hatte der Steward begonnen leise die Gerichte aufzutragen, und lautlos und ohne zu fragen füllte der Italiener die Gläser mit einem bernsteinfarbenen Weißwein, um die Sprecherin nicht unnötig zu stören oder gar zu unterbrechen.

»Ich habe bisher auf einem Bauernhof bei meinen Eltern gelebt, südlich von Lüneburg. Ich wusste nichts von der Welt. Bis Gott mir die Hand gereicht und mich aufgerufen hat, nach Afrika zu gehen ...« Die am Tisch sitzenden Gäste betrachteten sie nun aufmerksam, und um die Lippen des Priesters, der sich als Bernard Lepping vorgestellt hatte, spielte ein ironisches Lächeln. Das schien Friederike Ganse nicht zu irritieren, vielleicht merkte sie es nicht einmal. »Ich reise nach Ostafrika, um dem Herrn zu dienen. In Bukoba werde ich heiraten und meinem Mann bei seiner Missionsarbeit helfen. So Gott will!«

»Was bedeutet das: Gott hat Sie gerufen?«, fragte der Priester. Er redete englisch und auch in der Fremdsprache gelang es ihm geschickt, eine Spur von Ironie unterzubringen und dabei nicht zu übertreiben. Friederike Ganse erklärte ohne einen Anflug von Irritation, den Blick abwechselnd auf Lepping und auf Joseph gerichtet: »Dass der Herr etwas in Afrika mit mir vorhat!« Ihr Ton und der Augenaufschlag, der ihre Worte begleitete, waren nicht ohne eine Spur von Anmaßung, vielleicht auch Einfalt. Joseph war sich nicht sicher. Aber in einem Punkt ließ er sich nicht täuschen und hatte nicht den geringsten Zweifel: Diese wunderbare, gar nicht schöne Frau, in die er sich sofort verliebt hatte, redete einstudiertes oder auswendig gelerntes Zeug! Er glaubte ihr kein Wort.

Bernard Lepping hob sein Glas und forderte alle am Tisch auf anzustoßen.

»Auf was trinken wir nun? Auf Schwester Friederikes Zukunft im finsteren Afrika? Auf das Ende von Zauberei und Obskurantismus, für das sie kämpfen wird? Auf unsere gemeinsame Reise?« Heiter blickte er in die Runde.

»Auf das, was wir noch nicht wissen!«, sagte Friederike und sah Joseph mit einem Lächeln an, das ihn sogar in diesem wohlklimatisierten Raum eines der teuersten Schiffe der italienischen Flotte erhitzte. Diese Art von Erregung kannte er nicht. Seine Gepflogenheit Frauen zu lieben unterschied sich wesentlich von dem, was er sich in diesem Augenblick wünschte, und hatte mit dem nichts zu tun, was er jetzt mit Erstaunen an sich beobachtete, während er gierig seine Augen an ihrem Körper entlangwandern ließ. Warum weiß ich, dass sie ebenso empfindet?, dachte er.

Er folgte kaum den Gesprächen an seinem Tisch, nicht einmal die munteren Geschichten vom ländlichen Leben in ihrer Heimat, die Friederike, angeregt von dem guten Wein, zum Besten gab, vermochten seine Aufmerksamkeit zu fesseln. Er fühlte sich benommen und erinnerte sich an seinen Zustand, als der Fahrer seiner Mutter ihn zu Onkel Frederick nach London gebracht hatte, wo er für immer bleiben sollte. Weder die Gründe noch die Tragweite dieser Entscheidung hatte er damals ahnen können, er war ja kaum fünf Jahre alt gewesen. Er nahm es mit geduckter Seele hin, wie Kinder schicksalhafte Dinge hinnehmen ohne zu fragen und ohne sich zu wehren. Später allerdings war ihm klar geworden, dass dieses Kind Joseph sehr wohl geahnt hatte, dass ein neuer Lebensabschnitt beginnen würde, eine Zeit stiller und manchmal trüber Einsamkeit, eingeteilt vom Uhrenschlag im alten dunklen Haus seines Onkels.

Der Steward trug das Dessert auf, eine Schokoladencreme in kleinen zarten Porzellanschälchen. Joseph fühlte sich nicht in der Lage, die Süßigkeit zu essen. Er zog demonstrativ seine Zigarettenschachtel aus der Jacke, empfahl sich mit einem entschuldigenden Murmeln und ging nach draußen. Der Mond schien hell, kaum hörbar schlugen kleine Wellen unten an die Bordwand. Joseph spürte seine heiße Stirn und tupfte mit seinem Taschenbuch ein wenig Schweiß aus seinem Gesicht.

Ich werde ihr aus dem Weg gehen, dachte er mürrisch und verwirrt und verschwand, ohne sich von der Tischgesellschaft verabschiedet zu haben, in seiner Kabine. Er löschte bis auf eine kleine Stehlampe alle Lichter, ihren Schein würde man unter der Türe hindurch kaum sehen. Er öffnete das Buch, das er schon am Nachmittag zu lesen begonnen hatte, und vertiefte sich in eine Abhandlung über den Schwefelwasserstoffgehalt im Schwarzen Meer und die Geheimnisse des Lebens dort unter einer Oberfläche, die kaum die Dicke einer Eierschale hatte.

So ähnlich geht es auch mit meiner Psyche, dachte er und schob den einfältigen Gedanken sofort zur Seite. Noch nie hatte er solche eher kindischen Vergleiche für sich selbst herangezogen – und gedachte es auch künftig zu unterlassen.

Um Mitternacht löschte er das Licht, legte sich, ohne sich entkleidet zu haben, auf sein Bett und schloss die Augen. Das Blut klopfte in seinen Schläfen und er dachte an den Tod. Er hörte vorbeigehende Schritte auf den Schiffsplanken und starrte in die Dunkelheit. Als jemand die Tür öffnete, dachte er unwillkürlich, er befände sich in einem Traum. Leise kam jemand ins Zimmer. Er spürte die Gegenwart eines Menschen und zwang sich, nicht hellwach wie ein erschrecktes Tier plötzlich hochzufahren. Er horchte in die Dunkelheit, dann tastete er nach dem Nachtschalter für die Notlampe über seinem Bett.

»Habe ich mich etwa in der Tür geirrt?« Er erkannte im trüben Licht Friederike, sie saß mit übergeschlagenen Beinen an dem kleinen Tischchen und entzündete eine Zigarette. Sollte er aufstehen?

»Ich hatte gehofft, dass Sie kommen würden«, sagte Joseph und lehnte sich mit dem Rücken an die Kajütenwand. Sein Oberhemd, das er bis zum Gürtel wegen der Hitze in seiner Kabine aufgeknöpft hatte, verrutschte, so dass eine seiner Schultern frei lag.

»Warum kommen Sie gerade zu mir?«

»Ich habe gemerkt, dass Sie ein besonderer Mann sind, Joseph Pollock«, sagte sie und nickte unentwegt mit dem Kopf, als wollte sie ihren Worten Nachdruck verleihen. »Sie haben mich ganz und gar verzaubert.«

»Ich habe mich in Sie verliebt«, entgegnete er.

»Sind Sie sicher?«, fragte sie und er sah, dass ihre Augen voller Verlangen waren und ihre Lippen feucht und leicht geöffnet.

»Es gibt nur noch Sie und mich auf der Welt«, antwortete er, richtete sich von seinem Bett auf, ging die zwei Schritte zu ihrem Stuhl und zog sie an sich. »Bleib heute Nacht!«

»Sie wollen –?«, stammelte sie geziert, aber auf ihr Gesicht trat ein triumphierendes Lächeln.

»Komm!«

Sie liebten sich, ohne auch nur eine Sekunde lang die Blicke voneinander abzuwenden. Joseph streifte Stück um Stück ihrer Kleidung ab und murmelte Sätze, stammelte Worte, die er erfand und die ihn überfluteten, es waren vulgäre und zärtliche Worte zugleich – und er sah mit Erstaunen und Entzücken die Wirkung in Friederikes verändertem Gesicht, in ihren Bewegungen, mit denen sie auf ihn einging und ihn liebte, und in ihren geflüsterten Antworten, die ihn berauschten. In ihrem Liebesspiel verloren sich all die Geziertheiten, die er nachsichtig an ihr bemerkt hatte.

Sie erhoben sich ermattet, als das Morgengrauen im Bullauge sichtbar wurde. Friederike zog sich mit einem leisen Jungmädchenkichern an.

»Wenn wir am Frühstückstisch sitzen, Mister Pollock, werde ich Sie schon wieder haben wollen!«, sagte sie. Sie küsste ihn auf die Stirn, verließ die Kajüte und zog die Tür hinter sich zu. Er schlief noch einmal ein und erwachte erst, als der Steward gegen Mittag leise an seine Türe klopfte.

Sie verbrachten Tage und Nächte zusammen. Das Geflüster der Reisegäste war ihnen gleichgültig. Sie vermieden es, über ihre jeweilige Lebenssituation zu reden. Sie vergaßen nichts von dem, was jeder von ihnen am ersten Abend berichtet hatte. Das musste ausreichen, die Tage auf See waren nur dem Glück und ihrer Lust gewidmet.

Als Dar es Salaam in Sicht kam, die ersten Palmen, der weiße Strand, Häuser und ein altertümlicher Kirchturm, der Hafen, standen beide an der Reling und berührten sich nicht.

»Was werden Sie jetzt tun, Joseph Pollock?«, fragte sie, ohne ihn anzusehen.

»Ich würde gerne einen Wagen besorgen und heute noch mit Ihnen nach Bagamoyo fahren«, antwortete er.

Er hört sich an, als wollte er sagen: Heute noch werde ich mit dir im Paradiese sein ..., dachte sie. Sie lächelte glücklich.

»Was ist Bagamoyo?«

»Ich habe nur über den Ort gelesen. Er liegt ungefähr achtzig Kilometer nördlich von Dar es Salaam direkt am Meer. Bagamoyo ist ein Suaheli-Wort, es bedeutet ›Leg nieder dein Herz‹. Vielleicht ist es eine Stadt, vielleicht nur ein Dorf, ein Flecken, eine Idee? Schwer zu sagen, jedenfalls ein traditionsreicher Ort wie selten ein anderer. Bagamoyo war Mittelpunkt des Sklavenhandels in alten Zeiten. Von dort sind früher fast alle Forscher, Reisende und Eroberer in das Landesinnere vorgedrungen. Ich hörte von einem schönen Hotel dort, das ein Italiener erbaut hat, direkt an einem wunderbaren Strand gelegen.«

»Ich gebe uns fünf Tage Zeit, Joss«, sagte sie leise, und er schob seine Hand in ihre.

Die Last des Herzens

Als Pollock vor ihrer Abreise aus Dar es Salaam vor das Hotel trat – Friederike hatte in der Stadt noch Einkäufe gemacht und wartete neben dem Wagen auf ihn –, trug er keinen seiner dunklen Anzüge und keine Krawatte. Er hatte einen hellen Tropenanzug an und kam ihr völlig verändert vor.

Gemeinsam hatten sie, umständlich sichtend und verhandelnd, einen geräumigen Überlandwagen mit Vierradantrieb gemietet, als ginge es um ihre erste oder letzte Fahrt und alles Glück hinge von einem guten Gefährt ab. Als sie die Türen des Autos zuwarfen und abfuhren, war ihnen, als verließen sie ihre bisherigen Schicksale. Rechts und links der Straße, jenseits der Scheiben ihres Autos, pulsierte Leben: Esel trotteten mit schweren Lasten vorüber, Männer boten mit ausgestreckten Armen gebrauchte Kleider an, Frauen hielten an kleinen Feuerstellen Essen für eilige Hungrige bereit, Obststände, Gärtnereien mit Hunderten verschiedener Blumen und Sträucher, gefährlich überladene Lastwagen, Schulkinder in Uniformen und Fußball spielende Straßenjungen.

Im hinteren Teil des Wagens war beider Gepäck verstaut. Joseph hatte telefonisch im *Livingstone Club* in Bagamoyo eine Suite bestellt mit der Auflage, der Blick müsse unbedingt zum Meer hinausgehen und das Ganze müsse mindestens in der ersten Etage liegen und über einen geräumigen Balkon verfügen sowie über ein französisches Bett. Alle Einzelheiten des Zimmers und des dazugehörigen Bades wollte er wissen und ließ es sich ausführlich am Telefon beschreiben. Wie jemand, der in einer wichtigen persönlichen Angelegenheit nichts dem Zufall überlassen will und Freude daran findet, alles perfekt zu organisieren.

Sie sprachen kaum während der Fahrt durch das flache Land und die im wuchernden Grün verloren wirkenden Dörfer am Rande der Sandpiste. Der Staub, den sie hinter sich ließen, holte sie ein und sie schlossen die Fenster, um sich zu schützen. Es nutzte nicht viel, bald hatte ihre Kleidung das helle Braun des Staubes angenommen. Nach drei Stunden Fahrt waren sie endlich angekommen. Joseph lenkte den Wagen langsam durch die verworren wirkenden Straßen Bagamoyos. Eine Welt berauschender Bilder tat sich vor ihren Augen auf: herrschaftliche Häuser aus dem Beginn des 19. Jahrhunderts, Ruinen einstmals zauberhafter Gebäude in traditionellen arabischen, afrikanischen und europäischen Bauweisen, zerfallene herabhängende Balkone voller Schnitzwerk, offene Fensterläden, eine Ansammlung von alten Traktoren, gepflegte Gärten zum Ozean hin, Lichter und flackernde Feuer am Hafen unweit der gewaltigen *Boma*, eines immer noch mächtig wirkenden Palastes, von dem aus einst das Land regiert wurde.

Es wurde Abend, die Menschen genossen die kühle Luft, die vom Meer in den Ort strömte. Es schien geregnet zu haben, auf den ungepflasterten Straßen standen große Pfützen, die Joseph Pollock geschickt umlenkte. Der Autohändler in Dar es Salaam, den er nach einer Karte von Bagamoyo gefragt hatte, hatte den Kopf geschüttelt.

»Fahren Sie durch den Ort nach Norden, bis scheinbar nichts mehr kommt. Dort finden Sie das *Livingstone*. Schräg gegenüber von den Mangrovensümpfen am Ozean. Karten und ein paar Broschüren über Bagamoyo finden Sie in der Missionsstation am Mango-Drive, ganz in der Nähe Ihres Hotels. Keine Sorge, Sir! Bagamoyo ist klein, niemand geht dort verloren!«

Das Hotel verfügte über eine prunkvolle Rezeption und ein großes Restaurant. An diesem windstillen Abend waren die Fenster weit geöffnet. Nach dem Essen saßen Joseph und Friederike in gepolsterten Sesseln auf ihrem Balkon, der Blick ging zur Rechten auf die Bucht mit den fernen Lichtern der Stadt, zur Linken auf die Mangrovensümpfe. Wie schwarze Punkte, durch einzelne Lichter mit Perlen besetzt, schaukelten Fischerboote auf dem Wasser. Die Mangroven waren bald nur noch als geheime Schatten wahrzunehmen. Die Geräusche des tropischen Ozeans wurden begleitet vom Gesang klassischer Arien, den sie aus dem Eingangsbereich des Hotels hörten.

»Das ist Mozart«, sagte Joseph Pollock.

»Mozart? Ich habe nur einmal etwas von ihm gehört. In Tübingen«, sagte sie, trat hinter ihn und nahm seinen Kopf in ihre Hände. »Ich werde vieles von dir lernen.«

»Das liegt bei dir«, antwortete er. Und das waren die einzigen Worte, die sie in diesen fünf Tagen über ihre Zukunft sprachen. Keiner der beiden wollte das Geschenk der gemeinsamen Zeit belasten.

Josephs anfängliche Sorge, aus den Mangrovensümpfen könnte sie eine Mückenplage überfallen, erwies sich als unbegründet. Wenn sie sich liebten, waren die Fenster zum Meer hin weit geöffnet und ihr Schweiß trocknete an der seidigen Luft, die mit den starken süßen Gerüchen der tropischen Früchte, des Regens und des Salzwassers gefüllt war.

Die Zeit für ihre Abreise hatten sie bereits in Dar es Salaam festgelegt und dabei gelächelt, als redeten sie wie Kinder im Scherz miteinander und als sei es ein Datum, das niemals kommen würde. Sie baten den italienischen Besitzer des Hotels, an den Nachmittagen immer wieder Mozart aufzulegen. Da sie fast die einzigen Gäste waren, tat er ihnen gern den Gefallen. Sie machten Ausflüge zu den Ruinen in der Umgebung und fuhren mit dem Boot hinaus, um den Ort auch von ferne zu sehen, wenn am Horizont die Sonne unterging. Wenn sie beim Mondschein auf dem Wasser zurückkehrten, auf die flackernden Flammen im Hafen zusteuerten, war ihnen so, als kämen sie nach Hause.

Sie küssten sich heimlich wie heranwachsende Kinder in den menschenleeren dunklen Räumen des Museums in den Anlagen der katholischen Mission am Ende des Mango-Drive. Er drückte sie dabei lachend gegen jene Vitrinen, in denen Dokumente von Sklavenhandel und Befreiung, Bilder von arabischen Herrschern und Insignien ihrer Macht, vergilbte Fotos von den ersten Kirchen und bärtigen Priestern ausgestellt waren. Sie betrachteten Hand in Hand die Zeichnungen von der Ankunft der Leiche des Missionars Livingstone, den die Schwarzen 1873, in Rinderfelle eingenäht, Hunderte Kilometer von Sambia bis Bagamoyo durch den Dschungel geschleppt hatten, damit er nach England verschifft werden konnte. Es war ihre letzte Ehrung für den großen Forscher und Gegner der Sklaverei. Sie betraten jene kleine Kirche, wo man die Leiche damals eine Zeit lang notdürftig aufgebahrt hatte, und lasen, dass sein Herz irgendwo im Innersten Afrikas begraben lag. Auch für Livingstones Träger war Bagamoyo das Ende unglaublicher Strapazen und Gefahren gewesen.

Über ihre eigene Zukunft sprachen sie erst wenige Stunden

vor der Abreise. Der Morgen war wolkenverhangen, die Luft kühler als an den Tagen zuvor. Schweigend packte Friederike ihre Koffer und Taschen.

»Du hast mich richtig verstanden, Joseph. Ich reise morgen nach Bukoba. Du hast es immer gewusst!«

Joseph schwieg verstört. Er hatte einen dunklen Anzug angezogen und stand am Fenster, den Blick auf das Meer gerichtet.

»Du kannst nicht auf mich warten, Joss«, fuhr sie aus dem Hintergrund des Zimmers fort. »Ich liebe nichts so sehr auf der Welt wie das, was ich in Bukoba tun werde. Vergiss das nicht. Gott hat mich dorthin geschickt.«

»Du glaubst nicht an Gott«, sagte er, ohne sie anzusehen, und sie antwortete heftig, ohne dass er ihren Gesichtsausdruck wahrnahm:

»Das geht dich nichts an! Das hat mit Gottesglaube nichts zu tun. Hör auf, so mit mir zu reden!«

Als er zu ihr hinblickte, sah er, dass ihre Hände zitterten. Aber er ließ ihr keine Ruhe.

»Du heiratest vielleicht einen Mann, den du nicht liebst, und willst einem Gott dienen, an den du nicht wirklich glaubst. Und mich, den du liebst, lässt du allein. Fürchtest du eigentlich diese Zukunft nicht?« Auch seine Stimme war heftiger geworden.

»Willst du sagen, ich arbeite mit gefälschten Papieren?«

»Genau das will ich damit sagen«, antwortete er.

Sie senkte ihren Kopf, ihre Stimme klang bedrückt und leise. »Du hast Recht. Aber ich habe keine anderen. Und es geht dich nichts an. Irgendwann wird es sicher jemanden geben, der meine Papiere in Ordnung bringt. – ER wird es für mich tun!«

»Lass deine Fantastereien! Komm mit mir. Ich bringe dir alles in Ordnung. Nimm Abschied von dieser fixen Idee!«, sagte Joseph Pollock fordernd und drehte sich um. Sie aber sah ihn mit einem gütigen Lächeln an.

»Du bist ein guter Mensch, Joss. Es gibt aber Dinge, von denen du nichts verstehst. – Komm, wir gehen noch einmal zusammen ins Bett, mein Geliebter. In ein paar Stunden müssen wir abreisen.«

Sie schmiegte sich an ihn, half ihm aus seiner Jacke und öffnete die Knöpfe seines Hemdes. Er biss die Zähne zusammen.

Wenn Friederike später an Bagamoyo zurückdachte, wusste sie nicht, wovon ihr sehnsuchtsvolles Heimatgefühl nach dieser seltsamen Siedlung am Meer ausgelöst wurde; von ihrem wunderbaren Liebhaber, von der Magie der Geschichte des Ortes, die tief in die Gegenwart reichte, oder von den Mozartarien, die sie gehört hatten, während sie sich liebten.

▸Wir hatten am Nachmittag in der Bibliothek Tee getrunken. Joseph Pollock nahm dazu wie immer ein Glas Whisky ohne Wasser. Draußen zog die Dämmerung herauf. Diskret klopfte der Diener an die Tür, und Joseph sah auf seine Armbanduhr.

»In einer halben Stunde essen wir«, sagte er und nickte dem Diener zu.

»Wenn ich Sie richtig verstanden habe, Mr Pollock, wurde zwischen Ihnen und Friederike Ganse auf dem Schiff und in Bagamoyo nur sehr selten über Ihre Zukunft gesprochen. Sind Sie sicher, dass Friederike damals schon geplant hat, in Bukoba zu heiraten?« Ich konnte seine Gesichtszüge im Dunkeln nicht mehr genau erkennen. Er sah zum offen stehenden Oberlicht der hohen Fenster und blies den Qualm seiner Zigarette hinauf, wie er es häufig zu tun pflegte.

»Ganz sicher. Ich musste mich damals sehr bemühen, ihre Logik zu verstehen. Manchmal habe ich noch heute Probleme damit. Ich denke, dass sie in ihre Zukunft ein viel tieferes Vertrauen hatte, als ich das erkennen oder verstehen konnte. Sie plante ja nicht wie unsereins, sie wartete wie ein Kind auf eine ordnende Hand. Sie war sicher, dass unsere Liebschaft Teil dieser Ordnung war, ein Stück mit Anfang und Ende. Das bringt einen liebenden Mann wie mich natürlich zur Raserei. Ich empfand es als empörend, denn ich wollte unbewusst die Dauer, auch wenn ich noch betäubt in ihrem Netz hing ...

Wissen Sie, wir Männer sind meist erst nach langer Zeit bereit, einem Abenteuer einen Sinn zuzuweisen – oder es als Dummheit oder Verwirrung abzutun. Friederike hatte ihre Zweifel an einem ganz anderen Punkt, an einem lächerlichen Punkt. Darauf komme ich noch zurück! Aber dass unsere Liebschaft vergänglich und ein vorbestimmter Teil ihres Lebens war, daran hat sie nie gezweifelt.«

»Und was war es für Sie?«, fragte ich.

»Ach, bei mir ging es vermutlich nach dem alten Muster aller Männer, die untreu werden, auch wenn ich es mir nicht eingestand. Nach der ersten Nacht war es der besinnungslose, aber noch verzeihliche Fehltritt, nach der zweiten das reine Vergnügen, nach der dritten der Beginn einer Leidenschaft. Anders kann ich es nicht beschreiben. Immerhin war es stark und verführerisch genug, dass ich mich, sogar ohne jede Hoffnung, sie eines Tages zu bekommen, scheiden ließ und trotz allem in Afrika auf sie wartete!«

Wir standen auf und gingen in den Speiseraum zum Abendessen. Auf dem Weg erinnerte ich ihn daran, dass er von den Zweifeln Friederikes gesprochen hatte, und fragte nach.

»Richtig! Sie dachte, sie müsse alle Lebensplanung für ihren Glauben zurückstellen – wohlgemerkt, für einen Glauben, der irgendwann kommen würde! Sie konnte sich nicht vorstellen, dass ihre Leidenschaft für das Leben und die Liebe nicht die gleiche Quelle hatte wie ihr leidenschaftlicher Wunsch, eine an Gott Glaubende zu werden. Dass sich dieses Gefühl des Glaubens, *Glaubensgewissheit* nannte sie es, nicht einstellte, hat sie zeit ihres Lebens, einmal mehr, einmal weniger, gequält. Ich habe das damals noch nicht gewusst; und ihr Ehemann vielleicht auch nicht. – Nach allem, was sie mir von ihm erzählte, war er viel nüchterner.«

Am Abend zog sich Pollock zurück. Ich ging mit Helen im Dunkeln in die Innenstadt von Chatham, um eine richtige englische Kneipe und *Guinness* kennen zu lernen. Das hatte Joseph mir empfohlen – und mir Helen als Begleitung mitgegeben, damit ich nicht in Südengland verloren ging.

Unruhe und Flötenspiel

Am Bahnhof von Dar es Salaam sahen sich Friederike und Joseph für lange Zeit zum letzten Mal. Sie sollte gleich den Zug nach Mwanza besteigen; er wollte zu seinem Studienfreund nach Arusha aufbrechen. Pollock rannte nervös auf dem Bahnsteig hin und her, ging immer wieder in Friederikes Abteil, um die Gepäckstücke zu zählen und sicherzustellen, dass es ihr an nichts fehlen würde. Als der Zug sich in Bewegung setzte, stand er noch lange Zeit verlassen an seinem Mietwagen, als sei er unschlüssig, wie sein Leben weitergehen sollte.

Am Tag seiner Ankunft in Arusha rief Joseph Pollock seinen Londoner Anwalt, Dr. Malcolm Todd, an. Mit ihm war er seit Studienzeiten befreundet; er beauftragte ihn, umgehend die Scheidung von seiner Frau zu beantragen. Er bat darum, den Trennungsprozess wenn möglich zu beschleunigen und der »Gegenseite«, wie er sich verlegen hüstelnd ausdrückte, eine üppige finanzielle Abfindung zuzusichern. So erhoffte sich Joseph Pollock eine für ihn störungsfreie, und was noch entscheidender war, schnelle Abwicklung. Als ihn sein Anwalt um eine Begründung bat, denn das sei bei englischen Gerichten Voraussetzung für die Einleitung des Verfahrens, faxte er einen lakonischen Satz zurück: »Ich werde mich vermutlich hier binden.« Das Wort »vermutlich« übernahm der erfahrene Anwalt natürlich nicht in seine Antragspapiere – und begann den leidigen, nicht ganz billigen Prozess im fernen London.

Die Scheidung wurde nach drei Monaten ausgesprochen, nachdem Pollock noch zwei für ihn unangenehme Gespräche mit seiner verstoßenen Frau Anne geführt hatte. Sie sträubte sich nicht lange und willigte schließlich ein. Ihr Anwalt hatte ohnehin wenig Spielraum gehabt, eigene Forderungen vorzutragen, denn Josephs Angebot war mehr als großzügig. Ihr würde eine geräumige mehrstöckige Villa in Chelsea und ein stattliches Bankkonto gehören. Die Scheidung war und blieb, und das wusste Joseph, ein Stachel in ihrer Seele, obwohl Joseph Pollock nicht ihre große Liebe gewesen war. Aber vielleicht doch die einzig bemerkenswerte Beziehung in ihrem Leben, die als Liebe bezeichnet werden konnte. Dass sie niemals den wahren Grund für ihres Mannes plötzlichen Sinneswandel und für die, wie sie fand, »törichte« Trennung erfuhr, vergaß sie ihm nie und empfand sie als zusätzliche Demütigung. Sie lauerte geradezu auf die Nachricht, dass er irgendjemanden, vielleicht sogar eine Schwarze geheiratet hätte. Aber sie erfuhr nur, dass er eifrig und durchaus erfolgreich als Geschäftsmann und Anwalt in Tansania tätig war.

Joseph verlor durch die Scheidung fast die Hälfte seines Vermögens. Es schmerzte ihn nicht, da ihm trotzdem noch genug Geld zur Verfügung stand. Er war als Teilhaber seines unverheirateten Onkels Frederick in dessen Londoner Anwaltskanzlei reich geworden und sein Onkel hatte ihm außerdem ein großes Vermögen hinterlassen, als er plötzlich im Alter von fünfundsechzig Jahren einem Herzinfarkt erlag. Fredericks gesamtes Erbe gehörte nun ihm. Dazu kam noch die Erbschaft seiner Mutter, die über die vielen Jahre, die inzwischen vergangen waren, kräftig Zinsen brachte. Das alles zusammen war trotz der Verluste durch die Scheidung noch so üppig, dass Joseph Pollock niemals mehr in seinem Leben arbeiten musste.

Er war das, was man ein Glückskind nennt – zumindest was seine finanziellen Verhältnisse betraf. Das Konto seines persönlichen Glücks war nicht so großzügig ausgestattet. Seine Ehe mit Anne war kläglich und ohne Leidenschaft gewesen. Seinen drei heranwachsenden Söhnen kam er nie wirklich nahe.

Je älter er wurde, umso häufiger dachte er darüber nach, wie er sich manche Auffälligkeiten in seinem Wesen und Verhalten zu erklären hätte. Er dachte dann unwillkürlich an seine Mutter, eine herb-schöne Frau mit leidenschaftlichem Charakter – von ihr hatte er jedenfalls nicht viel geerbt. Mit ihrem Mann, dem bekannten Fotografen John McGuire, der kurz nach Josephs Geburt starb, hatte sie im südenglischen Brighton einen Verlag für Kunst und Fotografie gegründet. Nach dem Tod ihres Mannes führte Vera Pollock-McGuire das Unternehmen alleine weiter und brachte es durch ihre Tüchtigkeit und eine Reihe glücklicher Umstände zu einem beträchtlichen Wohlstand.

Das ungewöhnlich schnelle Wachstum des Verlages hatte mit einem Mann zu tun, den sie, als sie schon Witwe war, bei einer internationalen Messe für Fotografie in Paris kennen lernte: Er war noch jung, hatte sich schüchtern als Fotograf vorgestellt und ihr auf linkische Art seine Arbeiten gezeigt. Im Gespräch war er darum bemüht, ihren Wert eher herunterzuspielen, und betonte mehrfach, er sei leider noch Anfänger. Vera, die ihn scheinbar mit den kühlen Augen einer Geschäftsfrau betrachtete, war sich bald sicher, dass da ein begnadeter Fotograf vor ihr saß. Sie erfuhr durch vorsichtiges Nachfragen, dass er ein Benediktinermönch war, den sein

Kloster für den Beruf des Fotografen bis auf weiteres freigestellt hatte.

Bei diesem ersten Gespräch im Gewirr und Lärm der Pariser Messehallen verliebte sich Pollocks Mutter unerwartet in ihn. Ihre Erschütterung war so stark, dass sie kaum in der Lage war, ihm wie bei Geschäftspartnern üblich einen Drink anzubieten, und sie verschüttete ein wenig von dem guten Whisky auf den Saum ihres Kleides. Der Fotograf bemerkte es und sprang auf, um ihr sein Taschentuch zu reichen. Den Aufruhr in ihrem Innern wusste die junge Witwe geschickter zu überspielen als die Panne mit dem Whisky. Sie ging von nun an konsequent und strategisch vor, um den Mann an sich und ihre Firma zu binden. Natürlich ahnte der junge Fotograf nichts von ihren doppelten Absichten und sie verstand es, mit ihm umzugehen, ohne sein Misstrauen zu wecken. Noch am gleichen Tag musste er auf ihr Drängen hin zweimal in seinem Kloster anrufen und um die Erlaubnis bitten, einen Exklusivvertrag mit der angesehenen Firma Pollock-McGuire abzuschließen.

Sie gab unverzüglich nach ihrer Heimkehr nach Brighton ihren kleinen, kaum fünfjährigen Joseph in die Obhut ihres unverheirateten Bruders Frederick – und reiste mit dem jungen Fotografen um die Welt: er auf der Suche nach lohnenden Motiven, die Vera zum Vorteil des Klosters und ihres Verlages vermarktete, sie in der beharrlichen und geduldigen Hoffnung, diesen faszinierenden und starken Mann für immer zu gewinnen. Sie belauerte ihn wie eine erfahrene Raubkatze ihr Opfer, sie war ihm verfallen und ihre Liebe und Sehnsucht war auch in der erzwungenen Ruhestellung stetig und leidenschaftlich. Sie konnte warten.

Über ihre gegenseitigen Gefühle wurde zwischen dem Fotografen und seiner Verlegerin zunächst nicht gesprochen. Es sah aus, als hinterfragte der Mönch die deutlichen oder stillen Gesten der Zuneigung dieser Frau an seiner Seite nicht und schien sie zu genießen. Im dritten Jahr der gemeinsamen Reisen, es war nach einem Abendessen unter Sternenhimmel in der südlichen Türkei, warf sie unter dem Einfluss eines süßen Weins alle Hemmungen über Bord. Für den Bruchteil einer Sekunde war ihr, als würde er ihr entgegenkommen, ihre Zärtlichkeit erwidern; sie erbebte innerlich, ihre Haut, ihre Hände, ihre Brüste fieberten ihm entgegen – da rückte der Mann zur Seite, setzte sich ihr gegenüber, nahm freundschaftlich ihre Hände und küsste sie, sah ihr ernst in die Augen und sagte:

»Meine wunderbare Freundin! Ich kann dir nicht geben, was du von mir erwartest. Es ist nicht wegen meiner Frömmigkeit oder wegen der Klosterregeln, dass ich dir nicht folgen kann, ja, dass ich dich nicht einmal auf den Mund küsse. Es ist auch nicht so, dass ich dich nicht unglaublich reizend finde und jeden Tag des gemeinsamen Lebens mit dir genossen habe. Auch musst du nicht denken, dass ich zu den Männern gehöre, die andere Männer lieben. Aber ich bin nun einmal so – anders – und kann dich nicht lieben. Meine Sinnlichkeit ist wach, aber meine Sexualität schweigt, meine Sehnsucht ist nicht auf Erfüllung ausgerichtet. Es sind bei mir immer nur die Vorstellungen, die ich liebe, nie ein Gegenstand, nie ein Körper. Verstehst du? Ich vermisse es jetzt, weil ich weiß, dass du mehr von mir willst. Das schmerzt mich bis in die Tiefen meiner Seele! Ich kann nur auf andere Weise lieben ...«

Josephs Mutter reagierte auf diese größte Enttäuschung ihres Lebens angemessen: Sie verkaufte nach der Heimkehr den Verlag in Brighton, überwies den größten Teil des Geldes ihrem Bruder – mit der Auflage, ihr Sohn solle eines Tages der Erbe sein – und verschwand. Frederick ahnte, dass sie irgendwo in Südamerika war, betrieb aber niemals die Suche nach ihr. Er respektierte ihren Entschluss fortzugehen, nachdem sie sich ihm offenbart hatte. Die letzten Nachtstunden mit Vera vor dem flackernden Kaminfeuer in der dunkel getäfelten Bibliothek seines Hauses (Joseph war zu der Zeit mit den Pfadfindern im schottischen Hochland) sollte Frederick nie vergessen. Seine geliebte Schwester zog die Bilanz ihres bisherigen Lebens und sprach über ihre Zukunft. So viele Geschwistertränen waren noch nie geflossen in diesem Hause wie in dieser Nacht, und sollten nie wieder fließen.

Vera behielt einen kleinen Teil ihres Vermögens für sich und wandte sich in den folgenden Jahren nie wegen Geld an ihren Bruder. Frederick, der ihr Konto verwaltete, sah hin und wieder mit Interesse die Abbuchungen seiner Schwester, die aber nie so hoch waren, dass er sich hätte Sorgen machen müssen. Auf diese Weise wusste er, wo sie sich gerade in der Welt aufhielt, auch wenn er die Kontobewegungen nicht als wirkliche Lebenszeichen werten konnte.

Sie war nicht nur für ihren Sohn Joseph, sondern auch für ihn verschwunden – fast wie eine früh verstorbene Schwester, deren Bild mit der Zeit vergilbt und deren Grab niemand mehr im tiefen Wald zu finden vermag, weil es von Unkraut überwuchert ist.

Joseph erfuhr die Geschichte seiner Mutter von Frederick, als er achtzehn Jahre alt war. Ein unruhiges Pochen meldete sich in seinem Innern, wenn er an sie dachte.

Joseph begrenzte seinen Besuch bei seinem Freund in Arusha auf drei Wochen, so wie sie es vorher verabredet hatten. Sein Gastgeber, der mit ihm die Serengeti besuchte und den Kilimanjaro bestieg, wohl merkend, dass Joseph kein wirkliches Interesse an einem Touristenprogramm zeigte, hatte nicht die geringste Ahnung von seinen Plänen. An einem Montagmorgen stieg Joseph in seinen gemieteten Landrover und fuhr davon.

Wie sollte sein Freund etwas anderes glauben, als dass Pollock nach England zurückkehren würde, zu seiner Anwaltskanzlei, zu seiner Familie? Nicht einmal von den langen Telefonaten mit Ehefrau und Rechtsanwalt hatte er etwas mitbekommen. Joseph hielt es nicht für ratsam, seinen eher bürgerlich eingestellten Freund durch seine Gedanken und Gefühle zu beunruhigen.

Er fuhr an den Victoriasee, um in Ruhe Bilanz zu ziehen, seine Afrikapläne und sein künftiges Leben zu überdenken und den schmerzlichen Abschied von Friederike zu verarbeiten. Er mietete sich eine Suite im *Speke-Gulf-Hotel*, 125 Kilometer nordöstlich von Mwanza. Von seinem Zimmer aus hatte er einen berauschenden Blick auf die Speke-Bucht und die fernen Küsten von Ukerewe. Die Luft war frisch hier, ein guter Ort, sein neues Leben weit weg von England und ohne seine Familie zu planen.

Zwei Wochen später lud ihn ein im gleichen Hotel untergebrachter Landsmann ein, an einem Empfang der britischen Botschaft in Mwanza teilzunehmen. Pollock war einverstanden. Er wollte in der Hafenstadt vielleicht ein paar Tage bleiben.

In der kühlen Hotelhalle, inmitten des Gedränges und Lärmens von mehr als zweihundert Männer und Frauen, die gut mit Getränken versorgt wurden und hofften, dem Botschafter die Hand drücken zu dürfen, wurde ihm ein Afrikaner mit deutschem Namen vorgestellt: Adolf Friedrich Kirschstein. Joseph wunderte sich über die umfassende Allgemeinbildung des Mannes, der in einem Nebensatz bemerkte, sein verstorbener Vater sei ein deutscher Geologe gewesen, daher sein für Afrika ungewöhnlicher Name. Kirschstein schien die Eigenart zu haben, nur in Nebensätzen zu sprechen, und so erfuhr Joseph auch wie nebenbei, dass er Hafenmeister der Stadt war. Dann stellte Kirschstein Joseph einem Afrikaner vor, einem »echten Sohn der Insel Ukerewe«, Simon Kamata. Er war Literaturprofessor und hatte an der Universität von Dar es Salaam einen Lehrauftrag.

Beim Abschied von der steifen und für Joseph eher langweiligen Veranstaltung verabredeten sich Pollock und Kirschstein. Pollock versprach, Kirschstein in den nächsten Tagen zu besuchen. Da sich Joseph vorgenommen hatte, so schnell wie möglich die Landessprache Kisuaheli zu lernen und alles Wissenswerte über die tansanische Gesellschaft zu erfahren, kam ihm Kirschsteins Einladung gerade recht. Tansania würde vielleicht für viele Jahre seine Heimat sein.

Der Besuch im Haus des Hafenmeisters fand zwei Tage später statt; Kirschstein holte Pollock von seinem Hotel ab. Obwohl es im Hause Kirschstein von schwarzen Frauen und Kindern wimmelte, verbrachten die beiden Männer den Abend allein auf der überdachten Veranda und später zum Essen im Wohnzimmer des Hauses. Die Frauen brachten schweigend erlesene Köstlichkeiten für den Gast und den Hausherrn; Joseph war überrascht und erheitert von den anekdotenreichen Geschichten, die Kirschstein zum Besten gab. Er hatte als Seemann, Leibwächter, Jagdaufseher, Autohändler, Fischer,

Immobilienhändler und in zehn weiteren Berufen gearbeitet und war ein großartiger und, wie Pollock amüsiert feststellte, erfindungsreicher Erzähler.

Der Raum, in dem sie ihr Abendessen einnahmen, war so angelegt, dass frischer Wind vom See durch die offenen Fenster strich; die Wände waren behängt mit Fotos aus Adolf Kirschsteins abenteuerlichem Leben, von seinen Frauen und Kindern, Jagdszenen und Hochzeitsfeiern, Begegnungen mit Präsidenten und Potentaten, dazwischen mit Papierblumen, exotischen Bierdeckeln und einem kitschigen Jesusbild. Gegen Mitternacht gestand Kirschstein mit einem bedauernden Lächeln, er habe leider viel zu viele Kinder und große Geldprobleme. Nun war Joseph Pollock es durchaus gewohnt, angebettelt oder zu dubiosen Geschäften eingeladen zu werden, und nicht in Gefahr, bei wilden Abenteuern sein Geld zu verlieren. Deshalb brach er solche Gespräche meist souverän ab und ließ sich nicht in Versuchung führen. Aber etwas an diesem Tansanier interessierte ihn – und aus einer spontanen Eingebung heraus forderte er ihn auf, mehr von seinen Projekten und denen seines verstorbenen Vaters zu erzählen. Adolf führte ihn in einen Nebenraum und zeigte ihm eine alte Karte von Ostafrika, auf der mehr als zwanzig Orte mit blauen und weißen Fähnchen versehen waren.

»Hier hat er geschürft und gesucht und seine Reichtümer gefunden«, sagte Kirschstein, »er ist immer von einem Ort zum anderen gezogen. Sein größter Reichtum allerdings waren seine vielen Kinder«, fuhr er mit einem fröhlichen Sarkasmus fort. »Wirklich wohlhabend ist er zu Lebzeiten nicht geworden.« Er zog eine schwere Eisenkiste unter einem Bett hervor, sie war gefüllt mit Aufzeichnungen, Karten, Skizzen und Gesteinsproben, die der alte Kirschstein aus mehreren

Ländern Ostafrikas sowie vom östlichen Küstenstreifen des Kongo mitgebracht hatte.

»Was haben Sie damit vor, Mr Kirschstein?«, fragte Joseph, ohne sich in die Unterlagen zu vertiefen, wozu der Afrikaner ihn aufforderte. Beide waren nach dem reichlichen Genuss von Whisky nicht mehr ganz nüchtern. Adolf Kirschstein ließ sich in einen der verschlissenen Sessel fallen.

»Ich bin alt. Ich habe nicht mehr die Kraft, etwas damit zu machen, Mr Pollock. Wenn Sie den Kram wollen, dann nehmen Sie ihn mit. Ich kann Ihnen nicht sagen, ob die Aufzeichnungen etwas taugen. Ich habe weder die Kenntnisse noch die Mittel, das herauszufinden. – Nehmen Sie alles mit, es belastet mich nur. Und wenn ich sterbe, ist es sowieso verloren ...«

»Haben Sie die Unterlagen Fachleuten gezeigt?«, fragte Pollock.

»Nein! Aber mein Vater hat immer behauptet, dass es sich um einen echten Schatz handelt.«

»Was wollen Sie dafür haben?«, fragte Pollock.

»Nehmen Sie die Kiste mit. Wenn Sie Geld damit verdienen, geben Sie es meinen Kindern. Oder mir, wenn ich dann noch leben sollte.«

»Nein, Mr Kirschstein, so macht man keine Geschäfte. Ich zahle Ihnen, ohne das alles im Einzelnen zu prüfen, fünftausend Dollar. Und habe damit alle Rechte daran. Ist das für Sie in Ordnung? Jede weitere Zahlung für den Fall, dass jemand Reichtümer auf Grund der Unterlagen findet, wäre freiwillig. Ich schließe sie aber nicht aus, Mr Kirschstein!«

Beglückt nahm Kirschstein einen Scheck entgegen, dann murmelte er: »So hat mein verehrter lieber Papa doch noch etwas für mich getan ...«

Joseph machte sich mit einem Taxi auf den Weg zu seinem Hotel. Die Kiste ragte ein Stück aus dem Kofferraum heraus. Kirschstein und er sahen sich nie wieder.

Am Morgen nach diesem seltsamen nächtlichen Geschäftsabschluss, Pollock saß auf der Veranda seines Zimmers und las, rief Simon Kamata an und lud ihn zum Essen in das Restaurant im Hotel *Victoria-View* ein. Joseph brauchte ein paar Sekunden, bis er sich an den Schwarzen erinnerte. Kamata half ihm auf die Sprünge: »Sie wissen doch! Der Literaturprofessor aus Ukerewe ... Ich bin nur noch heute in Mwanza, morgen geht's zurück nach Dar es Salaam.«

Joseph nahm die Einladung an. Als sie sich in dem kühlen Speisesaal gegenübersaßen, ahnten beide beglückt, dass mit dieser Begegnung eine lange Freundschaft ihren Anfang nahm. Sie stammten aus sehr entfernten Welten, vielleicht war das die Voraussetzung für eine völlige gegenseitige Offenheit und ein Vertrauen, wie man es seinem engsten langjährigen Nachbarn vermutlich nicht entgegenbringt. Schon während dieses Mittagsmahls, das sie mit einem schwarzen Kaffee abschlossen, erfuhr Simon fast den gesamten Lebensweg und die aktuellen Veränderungen des neuen Freundes. Und Joseph lernte Einzelheiten aus dem Leben des Schwarzen kennen.

Simon war das fünfte und letzte Kind eines hohen Militärs, der nach der Gründung Tansanias am Aufbau der neuen nationalen Armee beteiligt war. Seinen Vater, der sein Leben lang in irgendwelchen fernen Garnisonen seinen Dienst tat, bekam er bis zum Beginn seines Studiums in Dar es Salaam nur selten zu Gesicht. Seine Mutter und zwei Nebenfrauen lebten auf einem kleinen Landgut auf der Insel Ukerewe. Zum Gehöft gehörten drei Morgen Land, das die Frauen bearbeiteten; der Ertrag trug wesentlich zur Ernährung der insgesamt fünfzehn Kinder bei, die Simon als seine Geschwister betrachtete. Als er nach Dar es Salaam gezogen war, wo schon zwei seiner älteren Brüder studierten, traf er seinen Vater regelmäßig, weil der in der hohen Militärverwaltung inzwischen eine führende Position einnahm und in Dar lebte. Sein Vater hatte darauf gedrängt, Simon solle Medizin studieren, das habe in diesem Land Zukunft. Aber Simon setzte sich durch und studierte Literaturwissenschaften und Geschichte. Drei Jahre verbrachte er mit einem Stipendium an amerikanischen Universitäten, bevor er in seine Heimat zurückkehrte.

Was Joseph an Simon Kamata so faszinierte, war die glückliche Mischung aus Klugheit, Allgemeinwissen und Humor, der durchaus auch eine ironische Komponente enthielt.

»Nun hat sich dieser Engländer also entschieden, vorerst in Afrika zu bleiben ...« Simon sah Joseph lächelnd ins Gesicht und klopfte mit einem Finger auf die Tischdecke. »Was werden Sie hier machen? Vierundzwanzig Stunden am Tag und dreißig Tage im Monat auf eine schöne Frau warten?«

»Ich weiß es noch nicht, Simon. Es wäre vielleicht angebracht, erst einmal die Sprache zu lernen, oder? Dann sollte ich ein bisschen mehr von diesem Land sehen. Ich habe da alte Karten mit interessanten Orten, die ein verstorbener Geologe vor fast sechzig Jahren gezeichnet hat. Daran möchte ich mich orientieren ... Vielleicht kann ich eine Kanzlei eröffnen, ich bin schließlich Anwalt und kenne mich mit internationalen Rechtsfällen ganz gut aus.«

»Sagten Sie nicht: Wirtschaftsanwalt?«, fragte Simon.

»Richtig.«

»Warum eröffnen Sie nicht eine Kanzlei für Firmen hier in

Tansania? Die machen massenhaft Pleite und geben ihr letztes Geld gern einem Weißen, der ihnen den Abschied vor dem Bankrott versüßt.«

»Ist der Rat ernst gemeint?«, fragte Pollock.

»Je angesehener der Pleite-Anwalt, umso größer die Chancen, für die Schulden nicht haften zu müssen. Natürlich ist das ernst gemeint.«

»Ich halte Sie auf dem Laufenden, Simon! Wie kann ich Sie erreichen, wenn ich nach Dar es Salaam komme?«

Simon gab Joseph eine Visitenkarte mit seiner Universitäts- und der Privatadresse. Sie standen schon vor ihren Autos, als Simon noch bemerkte, er lebe allein, seine Versuche, mit einer Frau auf Dauer eine Wohnung zu teilen, seien leider bisher gescheitert. Und das bedeute für einen Afrikaner, wie ein Asozialer zu leben ...

Nach einer Umarmung trennten sie sich; Simon wollte am gleichen Tag mit seinem Geländewagen nach Dar aufbrechen und Joseph hatte beschlossen, die Umgebung von Bukoba zu besichtigen. Er würde sich nicht bei Friederike Ganse melden, hatte er sich vorgenommen. Er befürchtete, sie würde sein Auftauchen in ihrer neuen Lebenswelt als zudringlich empfinden.

Seinen Besuch in Bukoba gestaltete Pollock so unauffällig und kurz wie möglich. Er verfolgte nur das Ziel, einen Eindruck von diesem Ort zu gewinnen. Weil er Friederike in Bukoba wusste, spürte er schon aus der Ferne, als die Bucht und die ersten Häuser und eine große Kathedrale sichtbar wurden, eine geheime Magie, die von dem Ort auszugehen schien. Wie ein heimeliges Nest, von sanften Bergen und Hügeln umgeben, erstreckte sich Bukoba zur Küste hinab, bis zum Wasser des Victoriasees.

Das Paradies ist für mich verschlossen, dachte Joseph Pollock.

Der chaotische Verkehr forderte seine ganze Aufmerksamkeit. Von einem großen Kreisverkehr am Busbahnhof bog er in Richtung Zentrum ab und stieß auf eine riesige Marktfläche, wo in der Mittagshitze das Leben zu brodeln schien. Die Luft war voller winziger Mücken, die sich wie ein Teppich über der Stadt ausbreiteten, und die Straße mit Schlaglöchern übersät, so dass er nur in Schritttempo fahren konnte. Pollock parkte sein Auto in einer bewachten Garage, um bei einer Rechtsanwältin mit Namen Dr. Joyce Francis vorzusprechen, die Simon Kamata ihm empfohlen hatte. Er hatte nur wenige Schritte zu gehen, um die Kanzlei zu erreichen. Als Schutz vor den Mücken hielt er ein Taschentuch vor Mund und Nase.

Er fasste zu der jungen Frau sogleich Vertrauen – und sie offenbar auch zu ihm.

»Hören Sie, Joyce. Ich wäre gerne über alles Wichtige informiert, was mit dem Missionar Mario Kindermann und seiner neuen Gehilfin, der Krankenschwester Friederike Ganse passiert.« Er machte eine Pause und nippte an dem Tee, den sie ihm hingestellt hatte. Die Rechtsanwältin saß zurückgelehnt, wippte mit ihrem Sessel und sah leicht vergnügt auf den gutaussehenden Europäer, der verlegen nach Worten suchte. »Ich möchte wissen, wie es ihnen geht, verstehen Sie? Reine Fürsorge ... Aus bestimmten Gründen ... Wenn Auffälliges zu berichten ist, rufen Sie mich an, ich gebe Ihnen meine Nummer durch, sobald ich einen festen Wohnsitz in Tansania habe. Vorläufig aber bin ich auf Reisen.«

Die Schwarze, die ein elegantes traditionelles Kleid in prächtigen Farben trug, unterbrach ihn.

»Sie sprechen von einer Gehilfin, einer Missionsgehilfin, Mr Pollock? So jemanden gibt es im Haus von *Bwana* Kindermann nicht mehr! Wenige Tage nach der Ankunft von Friederike Ganse haben die beiden geheiratet. *Bwana* Kindermann war ja Witwer. Ich war zu der Hochzeit eingeladen, weil ich *Bwana* Kindermann sehr gut kenne. Ein schöner großer Mann. Ich gehöre zu seiner Gemeinde, müssen Sie wissen. Wir sind ja schließlich nicht alle Heiden oder Katholiken hier am Victoriasee ...«

Joseph Pollock hörte die Worte der Frau wie durch einen schlecht funktionierenden Lautsprecher. Als der Inhalt bis zu ihm gedrungen war, saß er bleich und erschöpft in seinem Sessel. Die Rechtsanwältin ging an den Wasserbehälter, füllte einen Pappbecher und reichte ihm das Wasser. Besorgt sah sie ihn an.

»Ist Ihnen nicht gut, Mr Pollock? Das macht die Hitze bei uns. Europäer müssen sich erst daran gewöhnen. Und an die Mückenplage wohl auch. Aber die verschwindet in ein paar Wochen, keine Sorge. – Wollen Sie sich einen Moment lang hinlegen? Ich habe einen Ruheraum ...«

Joseph lehnte ab, unterzeichnete die kurze vertrauliche Abmachung, nach der er eine geringe Summe monatlich zu zahlen hatte, und taumelte zurück zu seinem Wagen.

Joseph Pollock besuchte den Verwaltungsbezirk Kagera, dessen Hauptstadt Bukoba ist, ein zweites Mal im Januar 1998. Die junge Rechtsanwältin, die er aufgesucht hatte, um sie zu fragen, ob es Neuigkeiten gebe, teilte ihm mit, Friederike Kindermann sei am selben Morgen mit dem Motorrad zu einem Ort namens Rubafu gefahren. Die beiden Frauen hätten sich zufällig vor der Abfahrt getroffen und ein wenig geplaudert.

Joseph sah sie aus der Ferne, umringt von schwarzen Frauen unter einem ausladenden Baum am Rande von Rubafu. Er hielt sich hinter Büschen verborgen, verzehrt von aufsteigender Leidenschaft und Sehnsucht. Er hatte den Eindruck, sie sähe zu ihm herüber und winkte ihm. Innerlich aufgewühlt stieg er in seinen Landrover und fuhr die Nacht durch bis nach Kigoma am Tanganjikasee, was ein gefährliches Unternehmen war. Er fühlte sich, als sei er auf der Flucht. Hatte sie ihn wirklich gesehen, ihm zugewinkt? Er war sich nicht sicher.

Im Frühjahr 1999 ließ er sein Auto an einer Tankstelle in Bukoba stehen, zog seinen Hut tief ins Gesicht und näherte sich langsam dem Haus des Missionars Kindermann. Im Vorgarten, der einen ungepflegten Eindruck machte, blieb er stehen. Jemand hatte wohl einmal versucht, Ordnung in die wild wuchernden Pflanzen zu bringen, aber Unkraut und verwelkte Rosen beherrschten jetzt das Bild. Er nahm, als sei er ein Bittsteller, den Hut in die Hand und schritt auf die Eingangstür zu. Sie war angelehnt. Er klopfte, aber er hörte nur das Plappern von Kindern in einem der hinteren Räume. Er rief nach Friederike, nach Mr Kindermann, aber er bekam keine Antwort.

Er stieß die Tür auf, ging langsam durch den Flur auf die Stimmen zu und betrat einen Raum, der links vom Flur lag. Hinter den Gittern eines Laufstalles saßen zwei Kleinkinder, ein weißes Mädchen und ein afrikanisches mit heller Hautfarbe. Die beiden Kleinen balgten sich um einen Topf, der noch Reste einer braunen Masse enthielt, die unangenehm und faulig roch. Ihre Gesichter und Kleidungsstücke waren entsetzlich verschmiert, alles hier war in einem unsäglich schmutzigen Zustand. Neben dem Laufstall hockte ein Junge, er mochte fünf Jahre alt sein. Er klammerte sich am Gitter fest und starrte Joseph wortlos an.

»Sind deine Eltern nicht da?«, fragte Joseph. Der Junge schien Englisch zu verstehen, er schüttelte den Kopf.

»Wo sind sie? Deine Eltern!«

Der Junge sagte nichts und rührte sich nicht. Die beiden Mädchen begannen plötzlich und ohne erkennbaren Grund zu schreien. Joseph beugte sich zu ihnen und redete beruhigend auf sie ein, aber das schien sie noch mehr zu verstören. Er sah sich um. Der Raum war bis auf den Laufstall und einen Stuhl völlig leer, kein Bild hing an der Wand. Er öffnete eine zweite Tür und warf einen Blick in eine Küche. Schmutziges Geschirr stapelte sich im Waschbecken und er nahm auch hier einen unangenehmen Geruch wahr, stärker und penetranter als jener, der von dem Topf der Kinder ausging. Ratlos durchschritt er die Küche, begleitet vom Gebrüll der beiden Kinder. Er kam in ein Zimmer mit Schreibtisch und voll gestopften Bücherregalen. Vermutlich Kindermanns Studierzimmer, schoss es ihm durch den Kopf. Auf dem Schreibtisch lag neben einem Brieföffner eine hölzerne Blockflöte mit einem zerkauten Mundstück. Pollock nahm die Flöte und kehrte ins Kinderzimmer zurück. Dort holte er sich den Stuhl heran, setzte sich vor den Laufstall und begann, eine Melodie zu flöten, an die er sich aus seiner Kindheit erinnerte. Sie glückte ihm unvermutet, und er ließ ein Volkslied folgen, eine kleine heitere Weise. Mit den ersten sanften Tönen stellten die beiden Kleinkinder ihr Gebrüll ein, doch sie schluchzten immer noch und zogen ihre Nasen hoch. Erst allmählich sah Joseph in ihren Augen einen Glanz aufleuchten und um die Münder herum ein Lächeln. Als er das dritte Lied, eine Volksweise aus Schottland, beendet hatte, brachte er die

Flöte wieder an ihren Platz zurück. Er suchte in der Küche nach einem Tuch, befeuchtete es am Wasserhahn und wischte den beiden Kleinen über ihre verschmierten Gesichter. Er putzte ihnen mit seinem Taschentuch die Nasen. Den Haaren der Kinder sah man an, dass sie an dem Tag noch nicht gekämmt worden waren. Joseph blickte sich noch einmal um. Hier habe ich nichts verloren, dachte er. Er winkte den dreien zu, die ihm stumm nachstarrten, und verließ leise das Haus.

Es hatte sich in der Geschäftswelt herumgesprochen, dass der britische Wirtschaftsanwalt Joseph Pollock bis auf weiteres seinen Wohnsitz in Tansania genommen hatte. Er erhielt Einladungen zu Beratungsgesprächen und Seminaren, die er sich gut bezahlen ließ. Er stellte nie Forderungen; es war sein erstklassiger Ruf in Wirtschaftskreisen, der es den Auftraggebern, Ministerien und international arbeitenden Firmen verbot, ihm weniger als tausend Dollar für einen Vortrag anzubieten.

Es verging keine Woche in den ersten drei Jahren, in der Joseph Pollock nicht mit Joyce Francis in Bukoba telefonierte. So erfuhr er von Friederikes Schwangerschaft, die keine Welle von Eifersucht in ihm aufkommen ließ wie die Nachricht von ihrer Heirat.

Er hatte keine Erklärung dafür. Und auch die Auskunft der Rechtsanwältin vom 1. November 2000, ein befreundeter Arzt habe ihr gesagt, der Missionar Kindermann sei schwer erkrankt, weckte in Pollock keine eigennützigen Hoffnungen, wie es verständlich gewesen wäre, sondern nur die Sorge, dass Friederike in Schwierigkeiten geraten könnte.

▸An den Vormittagen telefonierte ich mit meinen Kollegen in der Redaktion, machte mir Notizen und schrieb Seite um Seite auf, was ich inzwischen erfahren hatte. Es war seltsam: Chatham und Joseph Pollocks Gegenwart wirkten so intensiv auf mich, dass ich mit einer Leichtigkeit schrieb wie nie zuvor.

Ich traf mich nach einer kurzen Mittagspause, die ich meist in meinem Zimmer verbrachte, jeweils am frühen Nachmittag mit ihm, und wir hatten nie Probleme, das Gespräch, wo wir es zuvor abgebrochen hatten, weiterzuführen.

»Ich verstehe Sie, ehrlich gesagt, nicht, Joseph! Friederike hatte geheiratet und die Verantwortung für ein eigenes und zwei weitere Kinder. Sie hatten keinerlei Hinweis darauf, dass Friederike Sie jemals wiedersehen wollte; von Zusammenleben ganz zu schweigen. Aber Sie bleiben trotzdem in Afrika, beginnen eine neue Existenz, machen eine zweite Karriere. Den frühen Tod von Kindermann konnten Sie ja nicht ahnen!«

»Was verstehen Sie nicht daran, Nick? Haben Sie nie von einer Flucht aus dem alten Leben, aus dem Alltag gehört?« Er lächelte selbstironisch.

Ich musste lachen. Der Mann vor mir war kein Aussteiger. Er war ein seriöser, sehr britischer Geschäftsmann, der auch in Afrika alles andere als ein Vagabundenleben geführt hatte. Oder irrte ich mich?

»Sie wirken nicht wie ein Aussteiger«, bemerkte ich unsicher.

»Sie verstehen meine Leidenschaft für diese Frau nicht«, sagte er ernst.

»Ich verstehe Ihre Konsequenz nicht.«

»Sie sind noch jung und wissen vielleicht noch nicht genug vom Leben«, erwiderte er. »Denken Sie mal an die Geschichte meiner Mutter, die ich Ihnen erzählt habe. Als ich in Mbeya und später in Dar es Salaam meinen Geschäften nachging, dachte ich oft an sie und warum sie damals geflohen ist, als ihr Traum nicht in Erfüllung ging. Mein Onkel Frederick hat es mir erzählt. Es war ganz einfach: Sie wollte ihren Zorn, ihre Enttäuschung, ihr Leid nicht mit dem prosaischen Alltag vermischen, dem man nicht entkommt, wenn man an einem Fleck bleibt. So ähnlich erging es mir.«

»Das Verlassenwerden, wie es ihre Mutter erlebte, und wie sie reagierte ... spielt das in dem Zusammenhang auch eine Rolle?«, fragte ich.

»Die Dinge gehören zusammen. Im Grunde war ich ja auch von Vater und Mutter verlassen worden. Ich konnte nur überleben, indem ich mir diese stoische Ruhe zulegte, die Ihnen offensichtlich zu imponieren scheint ...« Er lächelte wieder und steckte sich eine Zigarette an.

»Was bedeutet das alles?«, fragte ich.

»Man muss sein Herz in Sicherheit bringen, ohne es zu verraten«, sagte er. »Nicht immer nur auf den Erfolg setzen, und nicht nur das Gelingen als Erfolg werten.«

Ich kann nicht sagen, dass ich ihm hätte zustimmen können – ich hatte ihn ja wahrscheinlich nicht einmal richtig verstanden. Pollock hatte gut reden! Wenn jemand so erfolgreich seine Geschäfte betreibt, kann er ohne Sorge sagen, Erfolg sei nicht so wichtig ... Erstmals hatte er mich mit seinen Ausführungen ein bisschen aufgebracht. Aber entweder wollte er über eine bestimmte Grenze hinaus keine Auskunft geben – oder er konnte sie nicht überschreiten. Ich beschloss, es dabei bewenden zu lassen.

Und das Große groß erscheine ...

Als das Fährschiff *MV Victoria,* aus Mwanza kommend, den Hafen von Bukoba ansteuerte, befand sich Friederike in einem erwartungsvollen, ja fiebrigen Zustand. Im Morgengrauen war sie dem engen und dumpfen Schiffsbauch entkommen, war mehr gekrochen als gegangen, über Hunderte Leiber und Gepäckstücke hinweggestiegen, halb erstickt von den menschlichen Ausdünstungen in dem völlig überfüllten Raum, wo es nach Urin, Schweiß und Erbrochenem stank. Ein junger tansanischer Schiffsoffizier hatte ihr am Abend zuvor freundlich angeboten, sie dürfe gerne seine Kabine benutzen, er habe Dienst; sie könne doch unmöglich mit 600 Afrikanern im gleichen Raum die Nacht verbringen! Friederike hatte abgelehnt; ein wenig aus Misstrauen und Unsicherheit. Entscheidender aber war, dass sie der ersten harten Probe, die Afrika ihr stellte, nicht aus dem Weg gehen wollte.

An der Reling stehend, atmete sie tief ein und suchte im grauen Morgenlicht, denn die Sonne war noch nicht aufgegangen, mit den Augen die Küste. Trotz der schlaflosen Nacht und aller Unbequemlichkeiten dachte sie hoffnungsvoll an das, was sie erwartete. Nicht einen Gedanken verwendete sie an Joseph Pollock. Mit ganzem Herzen freute sie sich auf die ersten Schritte in ein gelobtes Land. Jetzt war sie ihrer eigentlichen Bestimmung ganz nahe. Der Gedanke stimmte sie sanft und bescheiden und sie hielt es für ratsam, in ihrem stillen Glück die Hände zu falten. Keinerlei Zweifel, dass vielleicht etwas nicht gut werden würde, machten ihr zu schaffen. Die Sonne ging auf, kein Wind milderte die Hitze. Friederike trug ein hochgeschlossenes helles Jackenkleid, das unter dem Nachtlager auf dem Fußboden erheblich gelitten hatte. Es war nicht geeignet für die Hitze am Victoriasee, aber sie wollte nicht den Eindruck einer nachlässig gekleideten Touristin machen, wenn Mario Kindermann sie zum ersten Mal sah. Sie hielt ihren Koffer an den Griffen fest und wies wegen ihrer Unsicherheit und barscher als nötig ein paar Jugendliche zurück, die sich als Kofferträger anboten.

Ein Junge mit tiefschwarzer Hautfarbe, breitem Gesicht und wachen Augen, bekleidet mit einer kurzen Hose und einem relativ sauberen T-Shirt, ließ sich nicht aus ihrer Nähe vertreiben. Er mochte zwölf oder dreizehn Jahre alt sein. Er hatte sich nicht an der Bettelei um eine Dienstleistung für die weiße Dame beteiligt, sondern stand unbeweglich in ehrfurchtsvoller Distanz, halb verdeckt hinter einem Haufen Baumwollballen. Er starrte die Frau unablässig an. Friederikes Aufmerksamkeit aber war durch die zu erwartende Ankunft abgelenkt, sie nahm den Jungen und sein merkwürdiges Verhalten nicht wahr.

Sie ließ ihren Blick über die Menschen gleiten, die an der Mole standen und die Reisenden erwarteten. Noch manövrierte dröhnend das Schiff, Stricke wurden geworfen und an knorrigen Baumstämmen, die im Boden eingerammt waren, befestigt. Es roch nach fauligen Mangos, auf dem Wasser dümpelten Plastikfetzen und Kokosnüsse, die struppigen Palmen am Hafen wirkten wie gerupfte Hühnerhälse. Heerscharen von Reisenden drängelten an Friederike mit unförmigen Bündeln Gepäck vorbei, die sie auf den Köpfen trugen oder an

Griffen hinter sich herzerrten. Sie hielt sich abseits, um nicht von schwarzen Leibern und Warenballen zerquetscht zu werden. Unter den Wartenden an Land konnte Friederike mehrere Weiße ausmachen. Kaum jemand reiste auf dem Landweg nach Bukoba, seit es in diesem Teil des Landes auf den Straßen immer häufiger zu Raubüberfällen kam. Das hatte sie im Reisebüro erfahren, als sie sich nach einer Buslinie nach Bukoba erkundigt hatte. Sie wäre gern über Land gefahren, es wäre ein anderes Ankommen gewesen.

Bisher hatte sie keinen Gedanken daran verschwendet, wie dieser Herr Kindermann wohl aussehen mochte, so etwas konnte man sowieso nicht erraten. Und für romantische Spinnereien war Friederike nicht geschaffen.

Sie hatte nach den zärtlichen und leidenschaftlichen Tagen in Bagamoyo von Dar es Salaam aus den Missionar angerufen und ihm die voraussichtliche Ankunftszeit des Schiffes durchgegeben. Sie war am Telefon kurz angebunden gewesen, weil die Verbindung schlecht war und Aufregung sie erfasst hatte. Kindermann hatte mit ruhiger Stimme bestätigt, dass er sie, wenn er es eben einrichten könne, am Hafen abholen werde; er freue sich auf ihr Kommen. Das Reisebüro hatte ihr Ticket ausgestellt, die kompetente Angestellte alle Abfahrts- und Ankunftszeiten aufgeschrieben, sie allerdings darauf hingewiesen, dass hier nichts verbindlich sei, man sei schließlich in Afrika. Sie hatte Friederike dabei bedauernd angelächelt. Trotz der Warnung von allen Seiten war Friederike überall pünktlich angekommen. Sogar das billige Hotel *Lake View* in Mwanza war für sie wie gewünscht reserviert. Da sie als »Missionarin« angemeldet war, gab man ihr ohne Aufpreis eines der besten Zimmer.

Friederike nahm ihren Koffer auf und wollte gerade hinter

der rempelnden, schiebenden und ununterbrochen gestikulierenden und herumschreienden Menschenmasse die Gangway hinabgehen, da hörte sie dicht hinter sich eine Männerstimme.

»Kuckuck!«, sagte jemand. Sie sah sich verwirrt um.

»Willkommen im Taka-Tuka-Land!«, sagte die Stimme. Jetzt erst bemerkte sie einen hochaufgeschossenen blonden Weißen mit Schnurrbart und halblangen Haaren, der lässig, einen Fuß auf einer Treppenstufe, an der Tür zur Kapitänskajüte lehnte und eine qualmende Zigarette in der Hand hielt. Seine Augen blitzten humorvoll und er grinste ihr gewinnend entgegen. Friederike, die das bisschen Humor, das zur Grundausstattung ihres Wesens gehörte, bisher für bestimmte Gelegenheiten aufgespart und vor der Welt verborgen hatte, zwang sich zu einem gequälten Lächeln.

»Sind Sie der Missionar Mario Kindermann?«, fragte sie, da der Mann ihre Hand ergriffen hatte und sie festhielt, sich selbst aber nach wie vor nicht vorstellte.

»Prediger, Lehrer, Gärtner, Eheberater, Seelsorger. Alles in einem. Und Witwer, wie Sie wissen!« Er zwinkerte mit dem rechten Auge. »Und Sie sind sicher die gute alte Friederike!?«

Mit einem tänzelnden Schritt trat er auf sie zu, griff ihren Koffer, schwenkte ihn hin und her und fing an in einem komischen Singsang zu reimen:

»Jetzt kommt die gute Frida, die war ja hier noch nie da!« Und er lachte lauthals und sah sie aufmunternd an. Da lachte sie auch und fühlte sich zu ihrem eigenen Erstaunen um einiges entspannter. Ein Gefühl von Dankbarkeit für diesen Mann, der ihr die Ankunft leicht machte, überkam sie, auch wenn sie seine Scherze entschieden für nicht angemessen hielt. Sie betrachtete ihn mit prüfendem Blick, als sie nebeneinander die Gangway hinabgingen und auf die Taxis zusteuerten. Eine Gruppe von afrikanischen Fahrern sah ihnen entgegen, und jeder versuchte lautstark, die beiden Weißen für sich als Kunden zu gewinnen.

»Wir haben wenig Geld, Friederike«, sagte Kindermann und runzelte theatralisch die Stirn, »aber die guten Schokoladenmänner hier geben uns sicher einen Missionsrabatt. Was meinen Sie?«

»Sie fahren selbst kein Auto?«, fragte sie.

Er schüttelte den Kopf.

»Ich fahre Auto! Ich fahre sehr gerne Auto«, knurrte er und hob belehrend den Zeigefinger. »Aber ich habe keines. Wir beide haben bei einer bettelarmen Mission angeheuert. Ist Ihnen das eigentlich nicht klar? Noch können Sie zurück! Wenn Sie erst einmal in unseren Fängen sind, ist es zu spät, Friedchen!« Wieder lachte er ausgelassen.

Er sah gut aus, stellte sie fest, als sie später am Kaffeetisch saßen. Eine Haushilfe, ein schüchternes, fast zwei Meter großes mageres Mädchen namens Glorygirl, mit langen Fingern, als seien es Arbeitswerkzeuge, servierte einen selbstgebackenen Schokoladenkuchen. Kindermann hatte eine lebendige Mimik, heitere blaue Augen und große elegante Hände. Er war auf eine fast altmodische Weise zuvorkommend und hatte keine Hemmungen, über alles zu sprechen, was ihm in den Kopf kam. Er war eine Quelle heiterer Anekdoten und ließ jede Menge komischer Bemerkungen fallen. Mit jeder Stunde ihres Zusammenseins verstärkte sich eine Vertrautheit zwischen ihnen, wie Friederike sie im Zusammenhang mit Männern nicht kannte. Er kam bald ernsthaft auf ihre Arbeit zu sprechen. Dabei erlebte Friederike eine heftige, wenn auch vorübergehende Enttäuschung, die sie wohlweislich erst einmal für sich behielt. Trotz ihrer durchaus zeitgemäßen Ausbildung im Seminar in Ludwigslust und im Tropeninstitut in Tübingen war sie so voll gestopft mit antiquierten Vorstellungen von traditioneller Missionsarbeit, dass in ihrem Innern kein Platz war für Gedanken an kirchliches Alltagsleben im Afrika von heute. Was Kindermann ihr da schilderte, war ja auf den ersten Blick kaum mehr als ganz normale christliche Gemeindearbeit, eingebunden in eine afrikanische kirchliche Verwaltung (die sich *African-Inland-Church* nannte). Sie hatte sich das Leben eines Missionars ganz anders vorgestellt, so wie sie es aus vielen alten Berichten kannte.

Wahrscheinlich hätte sie gleich zu weinen begonnen, wenn Kindermann ihre Enttäuschung nicht geahnt und tröstend alle möglichen exotisch klingenden Orte heruntergerasselt hätte, wo sie künftig arbeiten würden: *Yakato, Kahororo, Kabaruka, Kalema, Rubafu, Minazi* ... So ließ sie sich die fremden Worte still auf ihrer Zunge zergehen und wappnete sich tapfer – und hatte bald wieder das heimatliche Gefühl von einer Ankunft im Gelobten Land. Am Ende erzählte Kindermann noch, so als wolle er Friederike ein besonderes Geschenk machen, von den großen Flüchtlingslagern *Lukore A* und *Lukore B*. Die Lager befanden sich im Verwaltungskreis Ngara, mit Tausenden verelendenden Menschen aus Ruanda und Burundi, nur etwas mehr als hundert Kilometer weit entfernt. Diese Menschen seien vor dem Krieg in ihren Ländern geflohen und auch mit ihren Problemen würde sie zu tun haben und helfen müssen, die Bildungs-, Seelsorge- und Gesundheitsaufgaben zu bewältigen. Da schlug Friederikes Herz höher und alle Zweifel verstummten.

Insgeheim sah sie sich schon von Zelt zu Zelt, von Hütte zu Hütte gehen, die Kranken versorgen, Spritzen geben, Kinder trösten, Sterbende begleiten und Mütter unterweisen – bis an die Grenzen ihrer eigenen Kräfte arbeiten. Nun konnte sie sich endlich freuen auf ihr künftiges Leben in Afrika. Sie hatten sich auf Deutsch unterhalten, zwischendurch wechselte Kindermann ins Kisuaheli, um ihre Kenntnisse auf die Probe zu stellen. Sie war zu ihrem eigenen Erstaunen sogleich in der Lage, ihm in der Landessprache zu antworten. Er nickte und strahlte sie an.

Am späten Nachmittag (»Wir wollen doch heute noch nicht arbeiten, oder?«) lud Kindermann sie zu einem Spaziergang ein, um ihr die Stadt zu zeigen. Friederike hatte Mühe, sich an seinen schnellen Gang und die holprigen ungepflasterten Straßen zu gewöhnen. Noch mehr quälten sie das Gedränge der Menschen auf dem Markt, die vielen Lastenträger, Bettler, Fahrräder, hupenden und qualmenden Busse, herumstreunenden Jugendlichen, Eselskarren und fliegenden Händler. Nichts schien hier nach einer vernünftigen Ordnung zu gehen. Aber sie verlor kein Wort darüber. Nachdem sie die Hauptgeschäftsstraße einmal hinauf- und hinuntergegangen waren, zeigte Kindermann ihr die Einrichtungen einer katholischen Nachbargemeinde in unmittelbarer Nähe von Kindermanns Haus; ein wohltätiges Projekt für elternlose Kinder. Sie besichtigten eine Werkstatt für angehende Schmiede, ein Haus mit Nähmaschinen, wo junge Mädchen Unterricht bekamen, und eine Töpferei, wo Jungen und Mädchen ausgebildet wurden. Dann gab es noch einen Kindergarten, aus den Fenstern plärrte Gesang und Geschnatter. Auf allen Dächern waren Solaranlagen angebracht.

Der katholische Priester winkte ihnen aus seinem nagelneuen Landrover zu, mit dem er gerade davonfahren wollte, und schrie:

»Karibu! Karibu!«

Als die beiden Spaziergänger näher kamen, schrie er gegen den Lärm des Dieselmotors:

»Jambo, Reverend Mario!«

Kindermann stellte ihn als Pater Elias vor. Er gab Friederike durch das Autofenster die Hand und schüttelte sie.

»Willkommen am Ende der Welt, Schwester!«, rief er begeistert, legte einen Gang ein und fuhr mit Vollgas davon.

Alles ist hier wohlhabender und gepflegter als im Hause von Kindermann, dachte sie.

»Ist die katholische Kirche so reich?«, fragte sie vorsichtig. »Oder wer bezahlt das alles?«

»Das sind irgendwelche barmherzigen Leute aus der Schweiz«, sagte Kindermann gleichmütig. »Die kommen einmal im Jahr, um sich ihre Negerchen anzusehen, dann lassen sie ihr Geld hier und fahren wieder davon.« Er lachte unvermittelt. »Die kommen dafür alle in den Himmel!«

Friederike hatte den Eindruck, dass Kindermann dieses Projekt und auch seinen katholischen Amtskollegen Elias eher geringschätzig abtat, sagte aber nichts dazu. Sie wollte ihn nicht am ersten Tag mit unbequemen Fragen oder gar Vorwürfen belästigen. Auch war ihr aufgefallen, dass er für die Afrikaner Ausdrücke wie »Negerchen« oder »Schokoladenmänner« benutzte, die längst als rassistisch galten. Da er aber sich selbst und Friederike und andere Weiße als »Weißbrote« oder »Mehlwürmer« bezeichnete, schien ihr das ein gerechter Ausgleich und sie verzichtete darauf, ihn deswegen zu maßregeln.

Am Abend saßen sie bei einem Glas Rotwein, den Kindermann zur Feier des Tages »verlöten« wollte, wie er sich ausdrückte, auf der Veranda, mit Blick auf den jetzt dunklen

Flusslauf des Kanoni-River, zur anderen Seite auf die Lichter der Stadt Bukoba und die der Fischerboote auf dem See. In Friederikes Ohren klang immer noch der Lärm der Straßenhändler, das Schreien von Eseln und das Krähen der Hähne wie eine symphonische Begleitmusik. Keiner von beiden nahm wahr, dass sich ganz in der Nähe jener Junge verborgen hielt, der Friederike schon auf dem Schiff und auf ihrem Weg zu Kindermanns Haus heimlich gefolgt war und sie beobachtet hatte. Aus seinem Versteck starrte er zu ihnen herüber.

»Nun wissen Sie, Friederike, was Sie erwartet. Wir haben ein altes Motorrad. Können Sie es fahren? Das würde manches vereinfachen. Aber die Straßen sind eine Katastrophe!«

Friederike nickte eifrig.

»Noch etwas! Haben Sie ein Instrument? Vielleicht sogar ...«, er machte eine künstliche lang gezogene Pause und grinste dabei, »vielleicht – sogar – eine Trompete?«

»Ich habe eine Trompete in meinem Gepäck und kann sie auch ganz gut spielen«, sagte sie. »Die haben sie mir in Ludwigslust mitgegeben, als sie hörten, dass ich in meinem Heimatdorf im Posaunenchor gespielt habe.«

»Das ist die Rettung für Afrika!«, erwiderte er begeistert. »Die Leute sind verrückt nach Blasmusik. Sie müssen sofort ein paar Posaunenchöre gründen, damit wir endlich vernünftige Musik bei den Beerdigungen und in unseren Gottesdiensten haben. Statt der schrecklichen heidnischen Trommelei ... Ein paar Instrumente leiht uns Elias, kein Problem! Nun haben wir alles geklärt, was zur Arbeit gehört – lassen Sie uns den Rest auch noch besprechen. Was meinen Sie, Friederike?«

Sie sah ihn verständnislos, aber mit neugierig glänzenden Augen an.

»Ich verstehe Sie nicht, Bruder Kindermann!«

»Geben Sie mir einmal Ihre Hand«, bat er und griff nach ihrer Rechten. »So ein Patschhändchen würde ich gern wieder mein Eigen nennen. Nicht dass ich so dringend wie unser katholischer Freund Elias eine Frau brauche, das nicht! Nicht dass Sie mich falsch verstehen! Aber Sie gefallen mir ungemein, Friederike. Wollen wir nicht heiraten?«

Er sah sie mit Kinderaugen an, Friederike zögerte einen Moment, wie sie es für schicklich hielt, dann legte sie den Arm um seinen Hals und ihren Kopf an seine Brust. Als er sie küsste, spürte sie Lust und Entzücken. Ihre ersten Schritte in das Gelobte Land waren von Glück begleitet. Friederike bebte innerlich, als Kindermann vor dem Schlafengehen ein Gebet sprach und um den Segen des Herrn für sie beide, für das Haus und alle ihnen Anvertrauten bat.

Friederike erwachte bei Morgengrauen. Sie wusch sich so gut es ging in der bereitstehenden Waschschüssel, zog sich leise an, um niemanden zu stören, und ging durch den Garten, der zum Haus gehörte, und das Holztor auf die unbefestigte Straße. Ein leichter Nebelschleier lag über der Stadt, die Luft war noch kühl und weich, und Friederike atmete tief durch. Er ist der einzig richtige Mann in meinem Leben, dachte sie.

»Mama!«

Sie drehte sich um. Am Rand des Maisfeldes auf der anderen Straßenseite, drei Meter von ihr entfernt, stand ein Junge in kurzer Hose, T-Shirt und ohne Schuhe. Hatte sie ihn schon einmal gesehen? Sein Gesicht und dieser wache Blick kamen ihr bekannt vor.

»Was willst du, Junge?«, fragte sie freundlich.

»Ich will bei dir bleiben, Mama«, sagte er. »Ich will für dich arbeiten, Mama!« Verlegen blickte er auf seine Hände, knetete und streckte sie, als sei das eine sehr ernste Übung.

Hilflos blickte Friederike sich um und war froh, dass Mario Kindermann, nur mit einem Bademantel und Sandalen bekleidet, aus dem Haus trat. Er sah von seiner Gehilfin und Verlobten zu dem Jungen.

»Wer bist du und was willst du?«, fragte er.

»Ich will für die Missis arbeiten«, sagte der Junge leise.

»Wie heißt du?«, fragte Kindermann.

»Temeo. Oder Thomas. Thomas Kilumbi.«

»Wo kommst du her?«

»Mein Vater hat ein Stück Land. In der Nähe von Itawa.«

»Was sagt dein Vater dazu, dass du für die Missis arbeiten willst?«

»Er weiß es noch nicht. Aber er wird einverstanden sein. Wir sind zwölf Kinder zu Hause, *Bwana.*«

»Warum willst du für die Missis arbeiten?«

»Weil sie freundliche Augen hat«, flüsterte er.

»Und was sagt die Missis dazu?«

»Sie hat noch nichts dazu gesagt, *Bwana.*«

»Dann wollen wir die Missis doch mal fragen, oder?«

Kindermann erklärte Friederike, dass sie, wenn sie wollte, nun einen *Boy* haben würde.

»Er wäscht deine Wäsche, er putzt deine Schuhe, er kauft für dich ein. Er begleitet dich, wenn du es willst, er macht alle Botengänge und passt auf dich auf. Geld kriegt er nicht, er isst bei uns und du schickst ihn zur Schule, wenn du ihn nicht brauchst. Oder du nimmst ihn einfach mit, wenn du unterrichtest. In zwei, drei Jahren sollte er lesen und schreiben können, und dann vielleicht einen Beruf erlernen. Also, er gehört dir, wenn du ihn willst. Dieser Junge ist in Ordnung, das sehe ich ihm an. Er wird dir folgen wie ein Hündchen.«

Friederike errötete leicht und schaute zweifelnd zu dem Jungen hinüber, er sah aus, als ob er einmal gewaschen werden müsste. Er war ärmlich gekleidet, schien aber gesund zu sein.

»Wo soll er denn schlafen?«, fragte sie.

»Das findet sich. Einen Boy brauchst du sowieso. Du kannst hier in Afrika nicht alles alleine machen.« Kindermann wandte sich an den Jungen.

»Bist du getauft?«

Der Junge nickte und lächelte.

»Katholisch oder evangelisch?«

Temeo zuckte mit den Schultern, er wusste es nicht.

»Egal! Frag gelegentlich deinen Vater. Wenn du faul bist, gibt's Prügel. Also sei fleißig und ehrlich bei Schwester Friederike. Sonst frisst sie dich! Lauf mal rasch zum Bürgermeisteramt und hol Formulare für eine Hochzeit. In doppelter Ausfertigung. Wiederhole!«

»Formulare für die Hochzeit. Doppelte Ausführung. Im Bürgermeisteramt.«

Der Missionar griff in die Tasche seines Bademantels und gab ihm ein paar zerlumpte Geldscheine.

»Friederike kannst du sowieso nicht aussprechen. Also nennst du sie *Mama Frida*. Hast du verstanden?«

»Mama Frida«, wiederholte er und rannte glücklich in die Stadt hinunter.

Sie heirateten wenige Tage nach Friederikes Ankunft. Ihr Festmahl bestand aus Hühnchen mit Curry, das Glorygirl zubereitet hatte. Die einzigen Gäste, die sie zum Essen eingeladen hatten, waren die Trauzeugen, Reverend Andrew Kimonga und die Rechtsanwältin Joyce Francis, die Kindermann schon seit einigen Jahren kannte. Während der heiteren Plauderei am Mittagstisch erfuhr Friederike, dass Mario aus seiner ersten Ehe einen Sohn von zwei Jahren hatte, der bei einer afrikanischen Familie lebte. Sie erinnerte sich, von einem Kind schon in Ludwigslust gehört zu haben. Der Vater konnte oder wollte seine beruflichen Verpflichtungen, die er sehr ernst zu nehmen schien, nicht wegen eines Kleinkindes einschränken. Eine Hilfe zu engagieren, die das Kind in seinem Haus versorgte, war vermutlich zu kostspielig. Deshalb hatte Kindermann es wohl in fremde Obhut gegeben. Friederike hörte von diesem Kind mit Namen Fred mit mäßigem Interesse. Er würde, so hörte sie, bis auf weiteres bei diesen Afrikanern bleiben. Ohne ernsthaft darüber nachzudenken, fragte sie sich, ob sie hier vielleicht eine Art Mutterrolle übernehmen müsste. Es war ihr im Augenblick gleichgültig.

Nach dem Hochzeitsessen war die kleine Feier zu Ende. Am Nachmittag hatte Mario im Flüchtlingslager mit Staatsbeamten und einigen Ärzten ein Gespräch über die rapide zunehmende Zahl der Cholerafälle. Friederike verbrachte den Rest des Tages auf einem Amt wegen ihrer Aufenthaltserlaubnis; irgendetwas war mit ihren Papieren noch nicht in Ordnung – und außerdem musste sie ihren Namen und ihre persönlichen Angaben korrigieren lassen, da sie nun den Namen Kindermann trug.

Sie standen morgens um fünf Uhr auf, hielten eine kurze Andacht und widmeten sich dann ihren täglichen Arbeiten. Mario hatte Friederike schon am Tag nach der Trauung in strengem Ton nahe gelegt, nicht jedes Gespräch mit den Leuten hier mit frommen Formeln auszuschmücken, das sei in Afrika auch dann fehl am Platz, wenn man über den Glauben oder über die Gottesdienste spreche.

»Unser Gott will solche Reden nicht hören. Er hat einen deftigen Humor, Fridchen, sonst hätte er nicht so viele Hautfarben, Religionen und Sekten zugelassen. Und nicht solche scharfen Frauen wie dich und solche komischen Typen wie mich erschaffen! Wir sollen unseren Spaß am Leben und an der Liebe haben, nicht wahr?« Bei diesen Worten tätschelte er ihren Hintern und sie wehrte sich verschämt.

Friederike hatte seine Kritik kommentarlos hingenommen. Sie war überhaupt nicht gekränkt, nahm sich aber vor, sich in solchen wichtigen Dingen nichts vorschreiben zu lassen, wenn sie es selbst nicht einsehen konnte.

Friederike hatte mit ihrem Mann vereinbart, dass sie an drei Grundschulen außerhalb Bukobas den Unterricht erteilen würde. Nachmittags half sie in einer kirchlichen Gesundheitsstation oder im *Bukoba Government Hospital*, wenn sie gebraucht wurde. In einigen Orten sollte sie mittelfristig Frauengruppen einrichten, damit sie lernten, ihre Interessen in Familie und Gesellschaft besser zu vertreten. Sie fuhr täglich mit dem klapprigen Motorrad mindestens 100 Kilometer auf unsäglich schlechten Straßen. An den Sonntagen predigte sie vormittags in zwei umliegenden Dörfern, während Mario regelmäßig drei Gottesdienste in Kirchen von Bukoba durchführte und den Kindergottesdienst organisierte. An drei Tagen der Woche hielt er Bibelkunde im katholischen Diakonenseminar, wozu er als Protestant eigentlich nicht befugt war. Aber da Lehrer knapp waren, hatte man sich verständigt.

Friederikes Begabung als Hebamme sprach sich schnell herum, sie wurde Tag und Nacht zu Geburten gerufen und man sagte, die von ihr entbundenen Kinder wären hübscher als andere. Die Menschen aus den Vororten und den Dörfern allerdings riefen sie seltener, weil man allgemein dachte, eine Frau, die noch nicht selbst entbunden hatte, könne keine gute Hebamme sein. »Sie ist ja noch ein Mädchen«, sagte man.

Eine afrikanische Heilerin verfluchte sie auf offener Straße, weil sie ihr die Kunden abspenstig machte. Ein Zauberer, der auch traditioneller Heiler war, erstattete sogar durch einen Rechtsanwalt Anzeige gegen Friederike und Mario. Sie würden seine Existenz und die seiner Familie vernichten, indem sie die Menschen aufwiegelten, seine Dienste nicht mehr in Anspruch zu nehmen. Drei Monate nach der Hochzeit schlug ein betrunkener Mann mit der Machete nach Friederike, weil seine Frau ein totes Kind zur Welt gebracht hatte, und verletzte sie böse. Die Wunde am Oberarm entzündete sich und Friederike musste zwei Wochen lang das Bett hüten. Sie hatte eine kräftige Natur, der Blutverlust nahm sie nicht allzu sehr mit, so dass sie bald wieder arbeiten konnte. Seitdem trug sie eine Pistole bei sich.

An den Abenden wurde es im Hause des Missionars lebendig. Afrikanische Amtskollegen, Diakone, Priester und Gemeindemitglieder kamen, meist unangemeldet, zu Besuch und Friederike kochte für sie und besorgte Getränke. Nie wieder war das Haus so ruhig wie an ihrem ersten Abend, als Mario sie gebeten hatte, seine Frau zu werden. Wenn sie zwischendurch Zeit hatte, versuchte sie, den Haushalt einigermaßen in Schuss zu halten, und versah sogar die Fenster mit einfachen Gardinen.

Die Kindermanns waren arm. Manchmal mussten sie den

Gästen Wasser vorsetzen und trockenen Reis, weil sie nichts anderes hatten. Auch sie selbst aßen oft sehr kärglich und waren glücklich, wenn Friederike vom Land ein paar Kohlstrünke, Mohrrüben oder ein geschlachtetes Hühnchen mitbrachte. Dass Mario ein heiterer und fantasievoller Liebhaber war, erfreute Friederike. Sie war aber auch verwirrt, weil seine Art sie zu lieben ganz und gar nicht in ihre wenn auch ungenaue Vorstellung von einem christlichen Liebesleben passte. Mario half ihr aus ihren Zweifeln mit theologisch triftigen, aber auch halbseidenen anzüglichen Erklärungen, und schließlich widmete sie sich ihrer Liebe, wie es bei den *Herrnhutern* – wo er seine Ausbildung bekommen hatte – üblich war: ausgelassen und schamlos.

In ihren Predigten und Andachten fiel Friederike allerdings zurück in ihre geliebte Frömmigkeit, ihre Versenkung und Innerlichkeit und verwendete all die Gesten und Symbole, von denen Mario leider nicht viel hielt. War er während einer ihrer Predigten anwesend, bemühte sie sich sachlich zu bleiben; predigte sie jedoch allein, konnte sie die Zügel schießen lassen und ihre Gemeinde mit süßer wortreicher Jesus-Sehnsucht überfallen und einnebeln. Schließlich kamen immer mehr Menschen, Männer wie Frauen, in ihre Bibelstunden und Gottesdienste, weil sie sich durch ihre tief innerlichen Ausführungen besonders getröstet und erbaut fühlten und weil ihre Art zu predigen ihren Bedürfnissen entsprach.

Zu Hause brachte Friederike immer wieder vorsichtig das Gespräch auf die Projekte der Gemeinde ihres katholischen Nachbarn Elias, die sie so sehr bewunderte. Sie tat es in der leisen Hoffnung, sie und ihr Mann könnten Ähnliches auf die Beine stellen. Kindermann schüttelte ärgerlich den Kopf.

»Das ist doch alles ein großer Mist! Sieh mal, meine Liebe:

Da werden dreißig Kinder in Pflegefamilien gegeben und kriegen Schule und Berufsausbildungen. Bis dahin schön und gut. Nun hat aber der Bischof unseren guten Elias, der das Ganze mit seinen Beziehungen aus seiner Schweizer Studienzeit begonnen hat, vor ein paar Wochen ganz plötzlich in eine andere Gemeinde versetzt, weil hier im Ort eine reiche Familie einen Vetter hat, der auch Priester ist und der Elias' Posten kriegen soll. Sie spenden dem Bischof ein bisschen Geld und überzeugen ihn. Dieser Vetter nun ist ein bekannter Säufer und Hurenbock. Die Solaranlage hat er gleich verkauft, auf das Auto einen Kredit genommen, um an Geld zu kommen, und bald wird er, das wette ich!, die Speisung für die Kindergartenkinder einstellen oder den ganzen Laden dichtmachen. Alle Proteste der Pflegeeltern oder der Schweizer Geldgeber beim Bischof haben nichts genützt. Auf ihren höflichen Brief haben sie eine unverschämte Antwort bekommen. Hör dir das mal an!«

Er suchte kurz auf seinem Schreibtisch, zog eine Fotokopie hervor und las:

»*I acknowledge receipt of your letter of December 10. Thank you for such a nasty and very arrogant letter. But I have forgiven you for your culpable ignorance. Sincerely*
+Anthony Mayala, Archbishop

Der Bischof weiß natürlich genau, dass der neue Priester ein Gauner ist und dauernd Geld braucht. Er weiß von seinen Saufereien und Hurereien. Soll er ihn deshalb vor die Tür setzen? Diese netten Schweizer Freunde, zwei Lehrerinnen und ein Mann, waren bei mir und haben mich verzweifelt um Rat gefragt. Was sollte ich ihnen sagen? Dass sie kein Geld mehr schicken sollen? – Also, ich denke, wir sollten von solchen Projekten die Finger lassen! Wir sind hier, weil Pastore und Krankenschwestern fehlen, aber nicht um uns dauernd einzumischen und Afrika zu retten. Erst wenn ein solches Unternehmen von Afrikanern selbst auf die Beine gestellt und auch verantwortet wird, hat es Zukunft. Ich denke, wir haben Besseres zu tun.«

Kurz nach ihrer Hochzeit blieben bei Friederike die Regelblutungen aus. Sie wusste, dass sie schwanger war, und rechnete sich aus, ab wann sie ihrer Arbeit nicht mehr würde nachgehen können. Sie besuchte erstmals die Pflegefamilie, wo Marios Söhnchen untergebracht war, um eine Möglichkeit zu finden, später auch ihr Kind versorgt zu bekommen. Dass die Geburt ohne Probleme vonstatten gehen würde, daran hatte sie, die Bauerntochter, keinerlei Zweifel.

Da sie ja bald die Schulen, Kirchen und das Flüchtlingslager nicht mehr besuchen konnte, arbeitete sie in den nächsten Monaten mehr als je zuvor. Besonders bei der Versorgung der Kranken nahm sie fast übermenschliche Anstrengungen auf sich. Bis zur Erschöpfung kämpfte sie um die Linderung der Leiden, sprach den Todgeweihten Trost zu und zog, wenn sie unter den Kranken einen bekennenden Christen vorfand, alle Register der Segenssprüche und Verheißungen, die sie gelernt hatte. Selbst der skeptische Mario sah bald ein, dass ihre Art, mit den Afrikanern umzugehen, gut aufgenommen und akzeptiert wurde.

Temeo wurde eine große Hilfe für Friederike; er lernte schnell, war fleißig, hielt sich immer bescheiden im Hintergrund, war aber da, wenn sie ihn brauchte. Er hing mit einer anrührenden Liebe an seiner »Mama Frida«. Sie hatte in der Hektik ihres Alltags einfach vergessen, dass es ihre Aufgabe war, ihn zur Schule zu schicken. Aber er nahm fast immer an ihrem Unterricht und allen anderen Unternehmungen teil. Bald sprach er ordentlich Englisch und lernte Lesen und Schreiben mit bewundernswerter Auffassungsgabe. Auch mit seiner Frömmigkeit stand er ihr in nichts nach, er konnte freie Gebete sprechen, ihr in den Gottesdiensten helfen und Bibelstellen fließend und mit der richtigen Betonung vorlesen.

Der sonntägliche Gottesdienst war Friederikes eigentliche, heilige Aufgabe. Wenn sie in der Kirche stand, war sie ganz sicher, dass sie das Kleine hinter sich gelassen und das Große gefunden hatte! Trotz aller Erschöpfung – und ihrer manchmal noch immer vorhandenen Zweifel, ob ihr der *richtige* Glaube gelingen würde – verlor sie nicht das Bewusstsein dafür, dass sie hier in einem Gottesdienst im wörtlichen Sinne arbeitete, wenn auch mit »gefälschten Papieren«, wie sie oft kummervoll dachte.

Die Kindermanns genossen einen ruhigen Abend auf der Veranda, heute war kein Besuch zu erwarten. Friederikes Bauch war schon rund wie eine Trommel, sie war im achten Monat. Sie saß zurückgelehnt im Sessel und trank Tee. Marios Nähe und seine fürsorgliche Art trösteten sie in ihrem beschwerlichen Zustand und stärkten ihr Vertrauen. Sie ergriff plötzlich seine Hand.

»Ich gebe mir alle Mühe, Gott zu dienen und sein Werk zu tun. Hilf mir, endlich meinen Glauben zu finden, Mario! Ich spiele mit gezinkten Karten, wenn ich nicht richtig von ihm ergriffen werde und ihm nicht wirklich mein ganzes Leben darbieten kann ...«

Er unterbrach sie abrupt, versuchte aber freundlich zu bleiben.

»Red doch keinen Blödsinn! Du willst in deinem Glauben Ekstase erleben – und dann die armen Afrikaner damit traktieren! Ekstase hat Afrika von Kolonialherren und Missionaren genug erlitten. Sie ist die Quelle von Hochmut und Überheblichkeit! Du bist im Zweifel wegen deines Glaubens und meinst, du müsstest dein Leben deswegen völlig aufgeben? Und bittest Gott, er soll endlich in deinem Innern den Schalter umlegen?! Was soll das? Sei eine gute Hebamme, verbinde die Kranken, repariere das Motorrad, koche was Leckeres, führe eine harmonische Ehe mit mir, mach einen vernünftigen Unterricht, dann wird Gott deine Arbeitsprotokolle eines Tages gerne abzeichnen. Und vielleicht sogar eine gute Note darunter setzen, wenn du Wert darauf legst.«

»Rede nicht so blasphemisch, Mario! Du solltest mich und meine Not ernst nehmen.«

»Krieg du erst mal dein Kindchen«, sagte Mario beruhigend. »Das ist was Handfestes, hörst du? Und mach dir jetzt um andere Dinge keine Gedanken.«

▸Ich staunte selbst, wie sacht und beinahe unbemerkt sich das Verhältnis zwischen Pollock und mir veränderte. Wir wurden vertrauter und lernten uns immer besser kennen. Er war der Ältere und die Zeichen der Freundschaft gingen von ihm aus. Immer wieder brachte er die Sprache auf meinen Vater. Für mich war das zuerst wie ein Freundschaftsangebot, so als wollten zwei von ihren Vätern verlassene Kinder sich bestätigen, dass ein Schicksal sie verband. Immer intensiver umkreisten wir in unseren Gesprächen Pollocks Leben in Afrika und was ihn getrieben hatte, trotz aller Karrierechancen ein ärmliches Leben in einer elenden trockenen Gegend Tansanias zu wählen. Überrascht stellte ich fest, dass Joseph insgeheim Friederike zu verstehen versuchte, indem er von meinem Vater sprach. In ihrer Leidenschaft und ihrer Ausschließlichkeit schienen die beiden sich ähnlich gewesen zu sein. Aber was meinen Vater bewegt hatte oder Friederike, war einem Menschen wie Pollock fremd und unerklärlich. Ob er die beiden um ihre Sendung, ihre Leidenschaft beneidete? Ich wagte nicht, ihn das offen zu fragen.

»Eines interessiert mich nun doch, Joseph! Du hast ihre Ehe aus der Entfernung miterlebt. Wie war das für dich? Schmerzlich?«, fragte ich.

»Die Einzelheiten habe ich ja erst später erfahren, die konnte meine Anwältin in Bukoba nicht ermitteln. In den ersten Monaten war es für mich eine Qual, hören zu müssen, dass sie mit Kindermann glücklich war. Das gebe ich offen zu. Dann geriet ich in einen Konflikt: Friederike verwirklichte ihr Lebensziel, was wollte ich mehr? Wollte ich nicht ihr Glück?«

»War es Spitzelei, was du da mit der Rechtsanwältin abgesprochen hattest?«

»Was denn sonst! Es war unanständig, Friederike nachzuschnüffeln. So etwas machen sonst nur Schufte.« Pollock überlegte einen Augenblick lang, lächelte traurig und sagte: »Ich war einfach in Sorge um Friederike und sah keine andere Möglichkeit, ihr Leben zu begleiten und irgendwie auch zu bewachen. Auf der einen Seite war ich froh, dass es ihr gut ging und sie das tun konnte, was sie wollte und ersehnt hatte mit ihrem unerschütterlichen Sendungsbewusstsein. Auf der anderen Seite hatte ich die Hoffnung nie ganz aufgegeben.«

»Welche Hoffnung, Joseph?«, fragte ich.

»Sie zu gewinnen, wenn möglich für immer. Aber ich wusste schließlich nicht mehr, was das bedeutete. Gewinnen? Besitzen? Sie hatte ein großes Lebensziel, etwas, das ich so niemals gekannt habe. Was du mir da von deinem leidenschaftlichen Vater erzählt hast, hört sich so ähnlich an ... Also saß ich wie ein Hündchen vor ihrer Tür und kratzte, damit sie öffnete. Wie sollte ich den Konflikt anders lösen? Dass ich ihr helfen wollte, falls sie mich brauchte, war ja nur ein Vorwand. Verstehst du?«

»Mit Geld?«

»Nur mit Geld. Was sollte ich sonst tun?« Er sah resigniert zu mir herüber und lachte dann. »Wir könnten es schön verbrämen. Aber das Einzige, was sie schließlich brauchte, war mein Geld. Genützt hat es mir nicht!«

Auf Erden und im Himmel

Das *Bukoba Government Hospital* hatte eines Nachmittags angerufen und gefragt, ob Schwester Kindermann eine Nachtwache übernehmen könne. Zwei Schwestern seien plötzlich erkrankt und man wäre sehr dankbar für ihre Hilfe. Friederike war froh, eine Unterbrechung ihrer tatenlosen Schwangerschaftstage zu haben, und ging am Spätnachmittag langsam zum Hospital hinüber, wo man sie kannte und wo für die Nacht kaum Störungen zu erwarten waren. Sie würde in einem kleinen, gemütlichen Schwesternzimmer schlafen und am Morgen zum Frühstück mit ihrem Mann wieder zu Hause sein.

Ihr Geburtstermin war erst in gut vier Wochen und alles sei zufrieden stellend, hatte die junge afrikanische Ärztin, die sie aufgesucht hatte, ihr gesagt und gegen leichte Beschäftigungen nichts einzuwenden gehabt.

Gegen ein Uhr morgens, als Friederike nach einem letzten Rundgang ohne Auffälligkeiten eingeschlafen war, summte das Telefon. Sie wurde gebeten, sogleich zur Notaufnahme zu kommen. So schnell sie in ihrem Zustand konnte, eilte sie die Stufen hinab. Ein junges Mädchen, das zum Krankenhaus gehörte und die Notaufnahme bei Nacht besetzt hielt, hatte die eben eingetroffene Patientin auf einen Stuhl gesetzt und stand hilflos daneben. Die Kranke war bis zur Unkenntlichkeit mit Tüchern umwickelt und konnte sich kaum aufrecht halten. Friederike hob ihr Gesicht und sah ihr in die Augen. Diese Frau war vermutlich dem Tod sehr nahe.

»Hast du Dr. Saburi angerufen?«, fragte Friederike das Mädchen.

»Dr. Saburi hat doch keinen Dienst«, maulte das Mädchen, das schon in der Tür stand, um aus der Situation, die ihm Angst machte, zu verschwinden.

»Und Dr. Komba?« Friederike wurde ungeduldig.

»Der hat bestimmt auch keinen Bereitschaftsdienst«, jammerte das Mädchen.

»Wer denn dann, verdammt noch mal! Ruf einen von beiden an! Aber sofort! Es ist ein Notfall!«

Dr. Saburi, eine erfahrene Ärztin, kam in weniger als zehn Minuten. Sie schob die kranke Frau in den Untersuchungsraum. Das Baby, das sie in den Armen hielt und das zunächst niemand unter den vielen dunklen Tüchern bemerkt hatte, überließ sie Friederike.

»Der Frau geht es schlecht. Wie heißt sie? Wo kommt sie her?«

Die Patientin gab nur ein Wimmern von sich und verkrampfte ihre Hände. Sie zuckte am ganzen Leib, die Augen waren geschwollen und sie war bis auf die Knochen abgemagert.

Nach einer halben Stunde, noch bevor Dr. Saburi sich ein genaues Bild von ihrem Zustand machen konnte, war die fremde Frau gestorben. Erschöpft kam die Ärztin zurück in den Raum, wo Friederike gerade in einer Plastikwanne das Kind badete. Sie zog ihren grünen Kittel aus, streifte den Mundschutz ab und goss sich eine Tasse Kaffee ein. Dann öffnete sie das Fenster ein wenig und zündete eine Zigarette an.

»Das Mädchen am Empfang hat gesagt, dass die kranke Frau angeblich aus Minazi kam. Mehr hat sie nicht angegeben«, sagte Friederike und hob den Säugling aus dem Wasser.

»Keinen Namen?«, fragte die Ärztin. Friederike schüttelte den Kopf.

»Wie geht es dem Mädchen?«

»Unterernährt, aber es scheint gesund zu sein. Am besten, Sie schauen es sich mal an.«

»Heute nicht mehr, wenn es nicht unbedingt nötig ist, Friederike. Können Sie sich um das Kind kümmern? Bis morgen früh die Arbeit beginnt?«

Friederike nickte und kramte im Schrank in einem heillosen Durcheinander nach Kinderkleidern. Es war eine warme Nacht, der Säugling würde sich nicht erkälten. Schließlich fand sie, was ihr für den nächtlichen kleinen Gast passend zu sein schien, und zog ihn an. Inzwischen hatte die abgekochte Milch die richtige Temperatur, und da Friederike keine Babyflasche fand, gab sie dem Kind mit einem Löffelchen Schluck für Schluck die mit Wasser verdünnte Milch. Das Kind nahm die Milch und starrte Friederike unverwandt an. Es hatte ernste Augen und eine für diese Gegend ungewöhnlich helle Hautfarbe. Sie wird vielleicht nachdunkeln, dachte Friederike. Sie fühlte sich zu dem kleinen Mädchen hingezogen. Mit Friederikes Worten und den Blicken des Kindes begann eine leise Zwiesprache, eine seltsame Fragestunde zwischen der schwangeren Frau und dem fremden Säugling. Friederike war in einer nachdenklichen Gemütsverfassung.

Wo kommst du her und wo wirst du enden, kleines Mädchen?, flüsterte sie. *Wird dich Gott mit Glück segnen? Oder das Leben, wie Mario es lieber ausdrücken würde? Findest du genug Liebe? Du bist ganz allein. Oder? Auch wenn mein Glaube schwach ist, will ich alles dafür tun, dass Gott dich annimmt, etwas für dich tut. Und auch Mario bitten, für dich zu beten. Er gehört zu denen, die richtig glauben. Ich sehe dich auf einer Schulbank, immer noch mit diesem ernsten Gesicht und den ernsten Augen. Vielleicht wirst du die Welt in Erstaunen versetzen mit deinen Fähigkeiten? Wer soll das wissen? Ich will versuchen,* so flüsterte sie schließlich, es war eine plötzliche Eingebung, *dir zu helfen. Wenn du nur einen Namen hättest! Ich nenne dich Marietta.*

Am nächsten Tag zeigte sich bei den Untersuchungen, dass die fremde Frau an Cholera gestorben war; man würde sofort in den Ort Minazi fahren müssen, um zu verhindern, dass sich die Seuche ausbreitete. Die Polizei würde dabei helfen müssen, denn das Hospital hatte zu wenig Personal. Man würde auch nach Angehörigen der Frau suchen – und vielleicht das Kind zu seinem Vater zurückbringen, wenn man ihn denn auffinden konnte.

Ein Wagen mit zwei Polizisten fuhr am nächsten Morgen vor, um das Kind abzuholen. Friederike war nach dem Frühstück noch einmal ins Hospital gegangen, um nach der kleinen Marietta – wie sie inzwischen alle nannten – zu sehen. Sie war schwach und Friederike bat die Leitung des Hospitals, ihr noch für ein paar Tage die Fürsorge zu überlassen, bevor man die Familie suchen und das Kind nach Minazi bringen könne. Niemand hatte etwas dagegen. Der Polizeiwagen, begleitet von einem Arzt, fuhr ohne Marietta zur Gesundheitskontrolle in das kleine Dorf, wo allerdings keine weiteren Cholerafälle mehr entdeckt wurden.

Friederike nahm Marietta mit zu sich nach Hause und kümmerte sich rund um die Uhr um das Wohlergehen des kleinen mageren Wesens. Friederikes Charakter, ihre ganze Art wurde, wie Mario erstaunt feststellte, durch die Anwesenheit des Kindes sanfter – und das Kind schien unter ihren Händen zu gedeihen.

Als die Wehen bei Friederike einsetzten, war Marietta bereits länger als einen Monat im Hause von Missionar Kindermann. Schweren Herzens gaben sie das Kind an das Hospital zurück.

Zu Friederikes Erleichterung bestand Mario nicht darauf, bei der Geburt dabei zu sein. Er hatte Sorge, aus Angst um seine Frau angesichts der Schmerzen, die sie erleiden musste, ohnmächtig zu werden. Sie, die schon so viele Geburten als Hebamme durchgeführt hatte, wollte die Sache lieber mit dem Chefarzt des Krankenhauses allein überstehen. Ohne Komplikationen wurde ein gesundes Mädchen geboren. Mario vollführte im Wartezimmer des Hospitals wahre Freudentänze und fiel allen Anwesenden unter Tränen und Gelächter um den Hals. Dann eilte er an das Bett seiner Frau, um sie zu umarmen und seine Tochter zu begrüßen.

Friederike schlug vor, sie Corvina zu nennen. Mario fand den Namen seltsam und ein bisschen nüchtern, aber Friederike setzte sich trotzdem durch, weil ihre eigene Mutter aus einem Dorf namens Corvin stammte. Drei Monate lang behielt sie das Baby im Haus, dann überlegten sie, es zu jener afrikanischen Familie zu geben, die auch Marios Sohn Fred, der inzwischen drei Jahre alt war, aufgenommen hatte und versorgte. Die Familie Maruku hatte selbst acht Kinder. Die Einnahmen durch die Betreuung von Fred und Corvina brachte ihnen zwar keinen Wohlstand, sicherte aber ihren Lebensunterhalt. Bernardetta Maruku hielt das Haus und die Kinder peinlich sauber und sorgte für Tischgebet und Erziehung, soweit das in ihren Kräften stand.

Nachdem Friederike ihr Kindchen bei Bernardetta untergebracht hatte, ging sie in die Klinik, um nach dem kleinen dunklen Mädchen Marietta, das in jener Nacht aufgetaucht war, zu forschen. Es stellte sich heraus, dass es sich noch im Krankenhaus befand. Zunächst hatte niemand so recht etwas mit dem Kind anzufangen gewusst, dann war es lebensgefährlich an einer Lungenentzündung erkrankt und auch jetzt noch nicht wirklich gesund. Mit Zustimmung der Krankenhausleitung nahm Friederike es wieder zu sich, und Mariettas Genesung machte bald gute Fortschritte. Friederike ließ sich die Papiere des Mädchens, soweit sie im Hospital angelegt worden waren, aushändigen und beschloss, den leiblichen Vater aufzusuchen.

»Mario, kannst du dir für einen Tag ein Auto leihen? Ich möchte das Mädchen selbst nach Minazi bringen. Kommst du mit?«

»Du willst es loswerden?«, fragte er und sah lächelnd von der Zeitung auf, die er gerade studierte.

»Nein, am liebsten würde ich es behalten, das weißt du«, antwortete sie, das Baby auf dem Arm hin und her wiegend. »Wir könnten es auch zu Bernardetta geben.«

»Dann behalt es doch«, schlug er vor.

»Das geht nicht! Das Mädchen hat einen Vater, eine Familie. Wir sind doch keine Sklavenhändler!«, gab sie zurück.

»Schon gut. Joyce Francis leiht uns sicher ihren Wagen. Sie hat ein Herz für schwarze Kinder.«

Sie fuhren früh los und über Wege, die für Autos schlecht geeignet waren und nur ein geringes Tempo zuließen. Friederike fühlte sich wie auf einem Ausflug, alle Verpflichtungen für diesen Tag waren abgesagt. Traurigkeit darüber, dass sie Marietta vermutlich bald würde weggeben müssen, ließ sie gar nicht erst aufkommen. Sie hielt das Kind auf ihrem Schoß, um es vor dem Rütteln und Schlingern des Wagens zu bewahren, so gut es ging. Mario musste an Weggabelungen mehrfach fragen, um den richtigen Ort zu finden, Wegweiser gab es hier, weit nördlich von Bukoba, nicht.

Als sie endlich in Minazi ankamen, fand Mario nach einigem Hin und Her den Dorfältesten, begrüßte ihn wortreich und umständlich, wie es sich im Land der Haja gehörte, und trug ihm sein Anliegen vor. Friederike war im Auto geblieben, um mit dem Kind vor der prallen Sonne geschützt zu sein. Sie sah sich um. Rechts und links standen baufällige Lehmhütten, die manchmal notdürftig mit Plastikfetzen und Wellblechstücken ausgebessert waren, apathisch wirkende Frauen stampften Hirse, schmutzige Kinder spielten im Schatten der Bäume an einem erbärmlichen Wasserrinnsal. Selbst das Grün der Bäume wirkte verbrannt und braun. Eine Schule konnte sie nicht entdecken. War die Mutter des Kindes von hier aus zu Fuß bis nach Bukoba gegangen? In ihrem Zustand? Aus welch ärmlichen Verhältnissen war Mariettas Mutter gekommen? Welche Zukunft hatte das Kind in diesem Elendsdorf? Würde es hier das nächste Jahr überhaupt überleben? Sie schob den Gedanken beiseite, denn Mario hatte seine Verhandlungen mit dem Gemeindechef beendet und startete den Wagen.

Sie fuhren bis zum Dorfausgang. Inmitten eines zerrupften Maisfeldes sahen sie eine Lehmhütte mit einem Dach aus Palmstroh. Kleine Kinder rannten zwischen Schweinen, Hühnern und Hunden herum. Ein Mann kam näher, eine Hacke in der Hand. Er hatte hinter dem Haus auf dem Feld gearbeitet. Kindermann wechselte mit ihm die Begrüßungsformeln und kam dann zur Sache.

»Ist deine Frau nicht da, *Bwana?*«, fragte Mario.

»Nein, sie ist nicht da. Sie ist fortgegangen«, sagte der Mann.

»Wird sie wiederkommen?«

»Vielleicht wird sie wiederkommen. Sie war sehr krank. Und das Kind auch.«

»War das Kind ein Mädchen, *Bwana?*«

»Ja, es war ein Mädchen, *Mister«,* sagte der Mann.

»Würdest du es wiedererkennen, *Bwana?*«

Der Mann nickte. Friederike stieg aus und hielt ihm den Säugling hin.

»Ja, das ist meine Tochter«, sagte der Schwarze ohne sich zu rühren.

»Wenn das deine Tochter ist, dann habe ich eine schlechte Nachricht für dich. Deine Frau ist in Bukoba im Hospital gestorben«, sagte Mario.

Der Mann dachte lange nach und sagte:

»Ich habe mir schon gedacht, dass sie sterben würde. Sie hat neun Kinder geboren und war sehr krank. Aber sie wollte wegen des Kindes nach Bukoba. Ich habe ihr gesagt: Geh nicht nach Bukoba, das ist ein weiter Weg. Aber sie hat nicht gehorcht. Deshalb ist sie jetzt tot.«

»Sie ist nicht tot, weil sie nicht gehorcht hat«, sagte Kindermann, »sondern weil sie krank war. Wenn man krank ist, muss man ins Krankenhaus. Deine Frau hat richtig gehandelt. Hast du sie allein gehen lassen?«

»Nein. Mein ältester Sohn ist mit ihr gegangen. Er heißt Firmin.«

»Wir haben Firmin im Krankenhaus nicht gesehen, *Bwana.*«

Der Vater dachte wieder nach, sah sich um, als suche er seinen Ältesten.

»Er hatte Angst, in das Hospital zu gehen. Er hatte gehört,

es sei voller Zauberer und Hexen. Deshalb ist er am Eingang umgekehrt und wieder nach Hause gekommen.«

»Wie viele Kinder leben hier?«, fragte Mario.

»Meine acht Kinder und vier von meiner Schwester, die auch gestorben ist.«

»Hast du noch eine andere Frau?«, fragte Kindermann.

Der Mann verneinte. Da wandte sich Friederike an ihn.

»Sollen wir dieses Mädchen mitnehmen und pflegen, bis es ein bisschen größer ist? Wir würden aufpassen, dass nichts Schlimmes passiert.«

»Sie darf nicht in die Nähe von Hexen und Zauberern kommen«, sagte der Vater ernst.

»Keine Sorge. In ganz Bukoba gibt es keine Hexen«, erwiderte Friederike.

»Ich kann euch nicht dafür bezahlen«, sagte der Schwarze.

»Wir wollen keine Bezahlung. Wir wollen, dass das Kind überlebt. Du hast schon zu viele Kinder, die es schwer haben«, sagte Friederike und wies auf die Kleinen, die sich um die Beine des Mannes geschart hatten, die Gesichter voller Fliegen und Rotz und Dreck, und die die Fremden neugierig beobachteten.

»Ich kann euch nicht bezahlen«, sagte der Mann noch einmal und stampfte mit seiner Hacke auf dem Boden herum. »Ich habe kein Geld.«

Mario gab dem Mann fünf Zehntausend-Schilling-Scheine. Dann fuhren sie wieder. Friederike und Mario schwiegen während der Fahrt. Manchmal sah Mario heimlich zu seiner Frau hinüber, die in den Anblick des kleinen Mädchens versunken war. Er lächelte.

»Wir haben ihn nicht nach ihrem Namen gefragt.«

»Sie heißt Marietta«, sagte Friederike.

An einem ungewöhnlich ruhigen Samstagnachmittag – Corvina war inzwischen schon eineinhalb – beschloss Friederike, Mario auf das Problem ihrer Kinder anzusprechen. Glorygirl hatte wieder einen Schokoladenkuchen gebacken, es war der einzige Kuchen, der ihr gelang. Als sich Mario nach dem Kaffee eine Zigarette ansteckte und genüsslich seine langen Beine ausstreckte, schien der passende Moment gekommen zu sein. Friederike wusste, dass sie es mit ihren Vorstellungen bei Mario nicht leicht haben würde.

»Wir haben jetzt drei Kinder, Mario«, sagte sie und stellte die Teller aufeinander. »Und alle leben bei Bernardettas Familie.«

»Was willst du damit andeuten, meine Schöne?«, fragte er und lächelte.

»Wir sollten noch eine Hilfe einstellen und sie zu uns nehmen. Es ist nicht gut für sie, dass wir sie nur an den Wochenenden bei uns haben ... Was meinst du?«, entgegnete sie.

»Wir haben wenig Platz. Und es ist auch nicht in Ordnung, dass wir uns mit billigen schwarzen Arbeitskräften ein feines Leben machen. Außerdem ist Bernardetta Maruku auf das Geld angewiesen«, sagte er, gähnte und blätterte in seiner Zeitung.

»Wir könnten Bernardetta ja bitten, stundenweise hierher zu kommen. Wenn sie mal keine Zeit hat, kann ich mich um unsere Kinder kümmern, Mario.«

Er blickte auf.

»Dann bleiben Bernardettas eigenen acht Kinder allein«, sagte er, »willst du das?«

»Nun hör aber auf! Wir sind doch nicht für alle Kinder in ganz Bukoba verantwortlich!«, rief Friederike ungehalten.

»Aber für die in unserer Nähe, für die wir Verantwortung

übernommen haben. Sie sind uns anvertraut«, sagte er störrisch.

»Und was ist mit unseren eigenen? Sie sind es, die unsere Liebe brauchen. Dafür solltest gerade du Verständnis haben!«, entgegnete sie spitz. Sie spielte darauf an, dass sich Mario vor vielen Jahren nach einer bitteren Enttäuschung für immer von seinen eigenen Eltern getrennt hatte.

Mario gab schließlich ihrem Drängen nach. Sie beschlossen, der Familie Maruku eine Abfindung zu zahlen, alle drei Kinder nach Hause zu holen und für ihre Versorgung eine junge Frau einzustellen. Mario machte zur Bedingung, dass sowohl Glorygirl als auch das neue Mädchen eine Ausbildung beginnen müssten. Sonst würden sie ja ewig Hausgehilfinnen bleiben.

Sie versprachen sich gegenseitig, alles zu tun, um Arbeit und Familie unter einen Hut zu bringen. Friederike ahnte aber, dass es ohne eine gewisse Verwahrlosung im Haus und im Garten nicht funktionieren würde, denn sie hatte nicht vor, ihre Arbeit als Missionarin wesentlich einzuschränken.

Misswinnie, das neue Kindermädchen, das Friederike wenig später einstellte, war ihr in ihren Gottesdiensten als ordentlich und bescheiden aufgefallen. Sie vertrug sich gut mit Glorygirl und die beiden teilten sich die Aufgabe der Kinderpflege, der Aufsicht und der Arbeiten im Haus. Es blieb trotzdem nicht aus, dass sich manchmal monatelang niemand um den Garten kümmern konnte, sich im Haus Unordnung breit machte und die Kinder stundenweise auf sich gestellt waren.

Temeo war den drei Kindern sehr zugetan und er sprang ein, wenn eine der beiden Angestellten krank war oder die Schule besuchte. An den Wochenenden, wenn der Predigtdienst absolviert war und sich Friederikes Ankunft mit lautem Motorknattern ankündigte, rannten alle begeistert vor das Haus, um sie zu begrüßen. Selbst Mario musste eingestehen, dass erst durch die ständige Anwesenheit der Kinder, die sich untereinander sehr gut vertrugen, so etwas wie ein Familienleben begonnen hatte.

Friederike war erleichtert, dass wieder der normale Alltag mit ihren geliebten Aufgaben der Seelsorge und des Gesundheitsdienstes, der Entbindungen und Predigten begonnen hatte.

Wenige Wochen nach der Rückkehr der Kinder in ihr Haus war sie gerade bei einer Frauenversammlung in dem abgelegenen Dorf Rubafu im Einsatz und diskutierte mit den Frauen Ernährungsprobleme, als sie in der Ferne eine Staubwolke sah und den Motor eines Autos hörte. Der Wagen parkte hundert Meter entfernt unter einer ausladenden Akazie, so als wolle der Fahrer im Dorf niemanden stören. Die Mittagssonne brannte, die Luft flimmerte über dem abgeernteten Hirsefeld und ein warmer Wind trieb Sand über die Stoppeln.

Ein dunkel gekleideter Mann stieg aus dem Wagen, blieb hinter den Büschen stehen und sah zu Friederike herüber. Sie wusste sofort, dass Joseph Pollock gekommen war. Sie war versucht, zu ihm zu gehen und ihn zu begrüßen. Ihre Hände zitterten. Instinktiv machte sie eine abwehrende Bewegung. Sie ahnte, ein Wiedersehen mit ihm könnte vieles zerstören, was in den letzten Jahren mit Mario so wunderbar entstanden war. Ihre Ruhe würde gestört werden, die Ruhe und ihre schöne vielfältige Arbeit – und das Familienleben. Sie zwang sich, das Gespräch mit den Frauen fortzuführen. Als sie wieder aufblickte, war der Wagen verschwunden. Temeo hatte die Szene beobachtet, aber er sagte kein Wort.

Friederike sah Joseph erst wieder, als Mario tot war.

Es begann mit Herzschmerzen. Irgendein Muskel krampfte sich in seiner Brust zusammen, das Blut wich aus seinem Gesicht und er fühlte sich elend. Als der Anfall sich nach ein paar Wochen wiederholte und Atemprobleme dazukamen, beschlossen sie, einen guten Arzt in Bukoba aufzusuchen, der Mario eingehend untersuchte.

»Es ist Ihr Herz, Reverend Kindermann. Ich kann nicht eindeutig feststellen, um was es sich handelt. Nur eines ist sicher: Sie müssen so schnell wie möglich in eine Spezialklinik, hier bei uns können wir keine genaue Diagnose erstellen und auch keine Herzkatheteruntersuchung oder eine Operation durchführen. Am besten, Sie gehen nach Kenia ins *Nairobi Hospital*. Aber schon die Reise dorthin ist lebensgefährlich für Sie.«

»Was können wir tun?«, fragte Friederike so sachlich wie möglich, um ihre Angst nicht zu zeigen.

»Sie können von hier nach Mwanza fliegen, von dort über Musoma nach Nairobi. Wenn Sie einen Platz in einem Flugzeug bekommen! Ich habe meine Zweifel, ob das so schnell möglich sein wird ... Jeder Tag zählt. Der Landweg ist ausgeschlossen ... Ein Hubschrauber wäre besser, aber der kostet ein Vermögen.«

Seit ihrem letzten Gespräch mit Joseph Pollock waren fünf Jahre vergangen. Friederike fand über die Auskunft seine Telefonnummer in Dar es Salaam. Sein Büro behauptete, Mister Pollock sei nicht zu erreichen, um was es denn ginge ... Als Friederike die Telefonistin ungeduldig anherrschte, rückte sie mit einer Handynummer heraus.

»Ich bin es! Friederike«, sagte sie laut, die Verbindung wurde durch ein starkes Rauschen gestört.

Pollock war vor Überraschung nicht in der Lage, mehr als seinen Namen zu stammeln.

»Hör zu, Joseph! Kindermann braucht einen Hubschrauber nach Nairobi. Er ist krank. Ich bitte dich, uns zu helfen.«

»Ich rufe sofort das Rote Kreuz an«, sagte Joseph. Friederike ahnte mehr, was er sagte, als dass sie es verstand. »Ich kenne die Leute. Wenn sie keinen Hubschrauber frei haben, rede ich mit dem Militär. Heute Nachmittag müsste alles klar sein. Haltet euch ab drei Uhr am Flughafen von Bukoba bereit. Ich rufe im *Nairobi Hospital* an, damit alles vorbereitet wird. Soll ich mitkommen?«

»Besser nicht. Ich danke dir«, sagte sie und legte auf.

Es war, als sei ihr durch das Telefonat mit Joseph und während der vorsichtigen Fahrt mit einem Taxi zum Flughafen erst das Ausmaß der Gefahr bewusst geworden, in der sich ihr Mann befand. Marios Gesicht war eingesunken, sein Blutdruck rapide gefallen und dann wieder gestiegen. Sein Kreislauf spielte verrückt. Er saß in einem Rollstuhl im Schatten des Flughafengebäudes und sie blickten starr auf die Landebahn. Ein heißer Wind strich vom Land her über die Piste. Temeo stand mit unbeweglichem Gesicht, eine Hand am Griff des Rollstuhls, neben ihnen. Friederike presste die Arztberichte krampfhaft an ihre Brust und zwang sich, ihre Tränen zurückzuhalten. Panisch ging ihr durch den Kopf, ein Arzt müsse mitfliegen. Das würde ein erneutes Telefonat mit Pollock notwendig machen, woher sollten sie sonst das Geld nehmen? Sie durchwühlte ihre Handtasche, sie hatte gerade mal zwanzig Dollar dabei und kaum mehr in ihrer Wohnung. Von der Bank hatten sie als Missionare nichts zu erwarten, auch wenn Weiße bevorzugt behandelt wurden ...

Endlich kam der Hubschrauber in Sicht. Er wirbelte Staub auf, neigte sich und landete. Marios Rollstuhl wurde unter den sich langsam drehenden Rotorblättern von zwei Männern des Flughafenpersonals in den Passagierraum gehoben und dort festgezurrt. Friederikes Haare waren windzerzaust, als sie einstieg und die Tür hinter ihr geschlossen wurde. Wie verloren stand Temeo im Staub wenige Meter entfernt, er hielt eine Hand vor den Mund. Auf ihn und seine entsetzten Augen achtete in diesem Moment niemand. Der Pilot erhöhte die Drehzahl des Motors, zwei Männer mit dicken Ohrenschützern gaben ihm ein Zeichen zum Start. Die Maschine hob sich, taumelte hin und her, gewann an Geschwindigkeit und stieg stetig an. Bis die Zurückgebliebenen sie nur noch wie ein unruhig schwankendes Insekt im blauen Himmel sahen, das bald am Horizont verschwunden sein würde.

Mario Kindermann hatte seinen Kopf in Friederikes rechten Arm gelegt, sie hielt mit der Linken seine Hände. Schweigend flogen sie über den Victoriasee, in einer metallenen engen Kapsel aus Lärm und Energie, über ihnen weiße Wolkenfetzen, unten das in der brutalen Sonne wie kaltes Silber glitzernde Wasser. Hin und wieder sahen sie kleine und größere Steininseln, so blendend weiß, als wären die Steine gebleichte Knochen von Urtieren. Schwarze Vögel ruhten sich dort aus, und leichte Wellen brachen sich und zauberten Gischtränder. Manchmal trieb ein einsames Fischerboot auf dem Wasser, man konnte nicht erkennen, ob sich ein einzelner Mensch, nur auf seine Körperkraft vertrauend, in diese unendliche Weite gewagt hatte.

Friederike redete ständig auf Mario ein. Er antwortete nicht, drückte aber zum Zeichen, dass er sie hörte, ihre Hand. Was sie sagte, drehte sich nur um das eine: *Bitte, lass mich nicht alleine zurück!*

Doch bevor sie das kenianische Ufer oder das östliche tansanische Ufer sahen oder Stimmen aus dem Äther ihnen neue Anweisungen für ihren Flug gaben, starb Mario Kindermann in den Armen seiner Frau. Fassungslos sah sie in sein bleiches Gesicht und auf seine gebrochenen Augen. Sie wünschte nur noch, der Hubschrauber möge abstürzen und sie mit ihrem geliebten Toten in die Ewigkeit mitnehmen. Einen Moment lang hatte sie die Freude am Leben verloren, aber auch alle Ängste und ehrgeizigen Pläne, und keinen Gedanken mehr an die Zukunft. Sie streichelte sein Haar und weinte still vor sich hin.

Liebe ich ihn? Habe ich ihn geliebt? Kann jemand, der nicht glaubt, auch nicht lieben? Warum ist er mir nicht für immer geschenkt worden?

Als der Pilot in seinem Rücken Bewegungen und Geräusche vernahm, sah er sich nach seinen Passagieren um. Friederikes Gesicht war nass von Tränen. Sie nickte ihm zu und er begriff sofort, dass der Patient gestorben war und dass es problematisch sein würde, mit einem Toten in Kenia zu landen. Er lenkte die Maschine nach unten, wendete und flog zurück nach Bukoba.

Die Versuchung

Die Beerdigungspredigt hielt Reverend Andrew Kimonga, der zu Marios engen Freunden gehört hatte. Mehr als zweihundert Männer, Frauen und Kinder waren gekommen, um Mario Kindermann den Abschied zu geben. Unter einer Platane, unweit des ausgehobenen Grabes, standen zwölf Frauen und Männer des Posaunenchors. Sie bliesen mit Inbrunst und getragen Beethovens »Die Himmel rühmen des Ewigen Ehre ...«. In der vorderen Reihe stand Friederike in einem schwarzen Kleid und mit verschleiertem Gesicht, hinter ihr schweigend der junge Temeo, zu ihren Füßen die Kinder Fred, Corvina und Marietta. Sie standen Hand in Hand da. Fred blickte unsicher zu Boden, Corvina zeigte ihr freches und aufsässiges Gesicht, Marietta wirkte wie immer freundlich und abwesend zugleich. Einige Passagen aus Kimongas Ansprache fanden sich später in Friederikes Tagebuch.

»Er war einer der wenigen Weißen, der uns, die wir das Leben so lieben, ein neues Lachen nach Afrika gebracht hat. Das haben wir selten erlebt. Sein Lachen erzählte von der Fröhlichkeit Gottes. Von Gottes Humor hat er immer gesprochen und dass ER uns alle, ohne Ausnahme, am Jüngsten Gericht in seine fröhliche Welt, die wir uns gar nicht vorstellen können, holen wird. Er hat niemals behauptet, Schwarz und Weiß seien gleich. Im Gegenteil. Aber er ist uns in seinen Jahren hier ein Bruder geworden, auch als seine Frau starb, hat er das Lachen und das Leben nicht aufgegeben. Alles andere wäre, so sagte er, Verrat am Leben gewesen. Er hat hier *seinen Job* gemacht, sagte er einmal, als ihn jemand loben wollte wegen seiner aufopferungsvollen Bereitschaft, in Armut unter Armen zu leben. Aufopferung? Davon wollte er nichts wissen; nicht einmal seine eigene Armut wollte er sich eingestehen. Er hätte ja immer noch mehr als die meisten Afrikaner hier, sagte er. Man kann ihn nur richtig würdigen, wenn man ihn mit anderen Weißen vergleicht.

Ach, liebe Trauergemeinde und liebe Schwester Friederike, für ihn war es kein Opfer! Er fühlte sich uns nahe, er wollte hier bei seinen Brüdern und Schwestern leben. Ihnen etwas von seinem Glauben weitergeben. Manchmal sagte er, es sei nicht einfach, täglich zu glauben, es gebe Zeiten, da könne er nicht glauben. Aber solange er lieben könne, so sagte er, mache ihm das nichts aus. Liebe war es, was ihn erhalten hat. Wir haben ihn verloren, aber er ging nicht ohne eine Hinterlassenschaft. Liebe war es, die uns – durch ihn – Schwester Friederike geschenkt hat. Unsere Schwester im Herrn!«

Joseph Pollock stand hinter der Menschenmenge, unter den Schwarzen gab es nicht viele Weiße. Er war bemüht, so wenig wie möglich aufzufallen. Er hatte für sich und seinen Freund Simon Kamata im *Yasila-Hotel,* das direkt am Strand lag, Zimmer gemietet und wartete nach der Beerdigung auf eine Gelegenheit, mit Friederike zu sprechen. Simon hatte ihn auf eigenen Wunsch hin begleitet; er wusste, wie aufgewühlt sein Freund innerlich war und dass er Beistand brauchen würde. Es passte Simon gerade gut, an der Universität waren Semesterferien.

Joseph ließ eine Woche vorübergehen, dann rief er sie an.

»Ich weiß schon, dass du in der Stadt bist, Joss. Hier kann

man nichts geheim halten, mein Lieber. Warum bist du gekommen?«

»Können wir darüber unter vier Augen reden, Friederike?« Er hüstelte.

»Ich komme ins Hotel. Heute Abend um sechs Uhr habe ich Zeit. Vielleicht können wir etwas essen?«

Er war enttäuscht, er hatte gehofft, sie würde ihn zu sich nach Hause einladen. Er kannte nur drei Zimmer des Hauses am Kanoni-River, und dieser Eindruck war immer noch lebendig. Die verwahrloste Küche, das Studierzimmer mit vielen Büchern und ein verlottertes Kinderzimmer. Wie lange lag sein Besuch zurück? Ein Jahr, oder zwei? Er war zu aufgeregt, um genau nachzudenken.

Friederike kam in Breeches, Kakihemd und langen Stiefeln. Sie betrat das Hotel in Begleitung eines jungen Schwarzen, den sie ihm als »Mister Temeo« vorstellte. Er war inzwischen siebzehn, groß für sein Alter und er hatte noch immer jenen wachen Blick, der Friederike bei ihrer ersten Begegnung so erstaunt hatte. Zugleich war er selbstbewusst und ernst, der verantwortliche Begleiter von »Mama Frida«, er folgte ihr wie ein Schatten überallhin. Temeo blieb im Foyer, er verschwand unauffällig in der hintersten Ecke, verdeckt von Topfpalmen und Blumen, die es hier reichlich gab.

Joseph Pollock führte Friederike an einen reservierten Tisch mit schönem Blick auf den See. Während sie aus der ledergebundenen Speisekarte ein Gericht auswählte, betrachtete Joseph sie. Sie war durch die Anstrengungen der Jahre und vielleicht durch die Mutterschaft in seinen Augen noch schöner geworden. Sein Herz schlug heftig. Auf diesen Moment hatte er insgeheim seit Jahren gewartet. Nun ist sie frei, dachte er mit aufwallender Erregung. Er bemühte sich, seine zitternden Hände unter Kontrolle zu bringen, und ermahnte sich zur Geduld.

»Was wirst du nun tun, Friederike?« Er sah sie mit seinen dunklen Augen an, in denen sich die Einsamkeit der letzten Jahre und sein jetziges Verlangen spiegelten.

»Du weißt, warum ich hier bin, Joss«, sagte sie leise und langsam und nippte an ihrem Aperitif, den Joseph empfohlen hatte.

»Du bist jetzt allein, und da sind drei Kinder. Deshalb frage ich, meine Liebe.«

»Ich bin nicht fertig hier, Joseph«, sagte sie und betrachtete das Gericht, das ein Kellner vor ihr abgestellt hatte.

»Du willst sein Werk fortführen?«, fragte er vorsichtig. Sie sah ihn mit einem schrägen Blick an.

»Quatsch! Ich habe meine eigene Arbeit. Nichts könnte mich von hier fortbringen, es sei denn, ich stürbe. Hier bin ich glücklich.«

»Du könntest mit mir kommen. Das wäre mein sehnlichster Wunsch, Friederike! Du weißt, wie sehr ich dich liebe und immer lieben werde.«

»Das ist ein großes Glück, und ich danke dir, dass du es mir noch einmal sagst. Lieben zu können heißt, glauben zu können – und umgekehrt!« Sie sah abwesend aus dem Fenster und Pollock wagte nicht, die Stille zu unterbrechen. »Und dann habe ich ja auch noch die Kinder ...«, fuhr sie schließlich fort.

»Die könnten wir gemeinsam großziehen. In England – oder hier! Ich könnte auch hierher kommen. Wir kaufen ein größeres Haus, du hättest deine Arbeit ...«

Sie sah ihn an und schüttelte langsam, aber heftig den Kopf. Trotzdem griff sie nach seiner Hand und hielt sie fest. Ihren Teller hatte sie unbeachtet zur Seite geschoben.

»Ich bin noch nicht in der Lage, mit dir zu leben, Joseph Pollock. Wenn du auf mich warten willst, dann tu es. Aber komm nicht wieder hierher nach Bukoba! Vielleicht komme ich ja zu dir? ... *Wenn* ich komme«, sagte sie nach einer Pause und rückte ganz nah an sein Gesicht heran, »dann vielleicht ... irgendwann an einem ersten April nach Bagamoyo.« Ihre Stimme wurde jetzt weich, ihre Gesichtszüge verrieten ihre innere Bewegung. »An einem ersten April bin ich geboren worden; der Widder ist für mich ein gutes Sternzeichen. Das hat mir als junges Mädchen eine Zigeunerin aus der Hand gelesen. Und in Bagamoyo hatten wir eine sehr schöne Zeit, Joseph Pollock! Ich war sehr glücklich mit dir, Joseph! Nie werde ich die Küste und die Mangrovensümpfe vergessen, unsere Abende auf dem Balkon und unsere Fahrten auf dem Meer, die süßen Arien Mozarts, die Arbeiter mit ihren Werkzeugen an den Booten, schon am frühen Morgen klopften und hämmerten sie, die wild flatternden Palmen vor dem starren *Boma*-Palast mit seinen mächtigen Mauern und Fenstern ... wie für die Ewigkeit geschaffen ... das alte Zollhaus ... Einmal konnten wir von der *Travellers Lodge* bis nach Sansibar sehen, erinnerst du dich? Und dann ging in unserem Rücken hinter den Wäldern voller Geheimnisse die Sonne unter. Das Teehaus, unsere Wanderungen am Strand entlang ... Oder«, sie lachte plötzlich glücklich und ihre Augen strahlten, »erinnerst du dich, wie wir den Kopf in dieses Loch gesteckt haben, in die muslimische Wunschkammer in den *Kaole*-Ruinen? Der Aufseher hatte es uns dringend geraten, weißt du noch? Die Wunschkammer sei gut für Liebende. Hier solle unsere kindliche Liebe für ewig verschmolzen werden und dann würden wir immer zurückkehren nach Bagamoyo. Aus Dankbarkeit, für das Leben! Und über allem schwebten damals diese

Mozartarien. Hörst du sie noch, Liebster? Irgendjemand im *Livingstone Club* hatte diese Musik aufgelegt. Vermutlich dieser Italiener ... Nie wieder habe ich Mozart hören können in diesem Land ... und sehne mich so danach!«

»Eine kindliche Liebe war es nicht!«, sagte Joseph heftig und wollte vom Tisch aufspringen. Sie legte begütigend eine Hand auf seinen zitternden Arm.

»Lass mir Zeit. Schenke mir dein Vertrauen«, flüsterte sie. Ihr Flüstern erinnerte ihn an das Flüstern des Windes im Palmdach des *Livingstone Clubs*, als sie sich bei Kerzenschein geliebt hatten.

Plötzlich wurde er ungeduldig, plötzlich war ihm diese Umgebung, das gedämpfte Licht des Raumes zuwider. Es war, als habe ihn Zorn gegen sein eigenes Leben, sein Schicksal gepackt. Er stand auf und stützte beide Hände auf den Tisch.

»Ich möchte dir Geld für ein vernünftiges Auto hier lassen«, sagte er kühl und beherrscht und zog einen Scheck aus der Tasche. »Du brauchst ein sicheres Auto. Ich wäre sehr froh, wenn du es nicht ablehnen würdest.«

Friederike blickte auf den Scheck, faltete ihn und steckte ihn in eine der Taschen ihres Hemdes. Er war auf 30 000 Dollar ausgestellt.

»Ein Auto kann ich gut gebrauchen«, sagte sie beiläufig, als habe ihr jemand ein Päckchen Zigaretten geschenkt, und sie erhob sich. Vollkommen unvermittelt tauchte Temeo hinter ihr auf, als habe er alles belauscht, alles beurteilt und die Lage für sie sichergestellt.

»Wir kaufen bald ein Auto, Temeo«, sagte sie sachlich. Ohne ein Lächeln und ohne ihm die Hand zu geben verabschiedete der Schwarze sich mit einem knappen Kopfnicken von Joseph Pollock. Friederike umarmte ihren früheren Liebhaber sanft, legte die Wange an die seine und fuhr mit einer Hand über seinen Kopf. Dann küsste sie ihn auf den Mund, drehte sich um und verschwand mit ihrer Begleitung. Die Bedienung räumte die halb vollen Teller vom Tisch.

An diesem Abend, als die Bar des Hotels geschlossen wurde, gingen Joseph Pollock und Simon Kamata mit einer Flasche Whisky auf Josephs Zimmer. Am folgenden Tag fuhren sie ab. Simon steuerte den Wagen. Joseph saß stumm auf dem Rücksitz und starrte in das Grün der endlosen Kaffee- und Bananenfelder. Vor ihm lagen weitere Jahre der Einsamkeit – und die unendlichen Weiten seiner neuen afrikanischen Heimat.

Zwei Pfarrer kamen im Auftrag des Evangelischen Kirchenrates von Bukoba zwei Wochen nach der Beerdigung zu Friederike. Sie saßen linkisch auf ihren Stühlen und drucksten herum.

»Reverend Kindermann ist tot. Was soll denn nun werden?«, sagte der eine.

»Ja, was soll denn werden?«, sagte der andere. »Wir könnten dir helfen, Schwester!«

»Was meint ihr damit: Was werden soll …?« Sie stand in der Tür und sah auf die beiden bescheidenen, fast schüchternen schwarzen Männer, die ihre Bierflaschen, die Glorygirl ihnen hingestellt hatte, nicht anrührten.

»Was werden soll. Mit all dem hier! Mit der Gemeinde. Mit dem Unterricht, der Gesundheitsstation, den Predigten …«, murmelte der, der zuerst gesprochen hatte. Er machte eine vage Geste mit der Hand, als meine er den ganzen Erdkreis.

»Ich habe bald ein Auto«, sagte sie und Stolz lag unüberhörbar in ihrer Stimme. »Ich werde mehr predigen können als bisher und mehr Unterricht erteilen. Ich habe vier sehr gute Hebammen ausgebildet, und fast ein Dutzend Kindergärtnerinnen. Die sollen Verantwortung übernehmen.«

Friederike machte den beiden besorgten Männern klar, dass sie das Arbeitspensum ihres verstorbenen Mannes und ihr eigenes bewältigen könne, dass sie alles wohl bedacht und vorbereitet habe. Kopfschüttelnd machten sich die beiden Männer gegen Mitternacht auf dem Heimweg. Friederike hatte ihnen keine Chance gegeben zu widersprechen.

Von nun an predigte sie an manchen Sonntagen vier Mal, an allen Wochentagen gab sie in drei Schulen Unterricht. Sie hatte einen ausgeklügelten Zeitplan aufgestellt, der neue Wagen half ihr, ihn einzuhalten. Von ihren Mitarbeitern verlangte sie Disziplin und Pünktlichkeit, so wie sie selbst auch immer pünktlich war. Die Briefe der Missionsgesellschaft aus Europa mit den immer wiederkehrenden Fragen, was nun, nach dem Tod Kindermanns, werden sollte aus dem Projekt Bukoba, ließ sie monatelang unbeantwortet. Dann schrieb sie beschwichtigend, es sei hier alles unter Kontrolle und ihr gehe es gut. Sie legte lange Listen von Dingen an (Medikamente, Instrumente, Insektizide, Noten), die sie brauchte, und bombardierte die Mission mit Bettelbriefen. Sie bekam nicht alles, was sie forderte. Aber sie bekam mehr, als Kindermann je hätte erwarten können. Und manchmal bat sie Joseph Pollock um Geld.

Sie wurde nie krank. Am meisten genoss sie es, wenn sie in der Dämmerung, noch staubig und durchgeschwitzt von langen Fahrten über Land, mit ihrem schweigsamen Boy Temeo durch die Flure und Zimmer des Krankenhauses ging. Dann sprach sie mit den Krankenschwestern und Patienten, manchmal betete sie mit ihnen. Sie schien keine Müdigkeit zu kennen; dabei dauerte ihre Nachtruhe nur fünf Stunden. Die Morgenandachten hielt sie nach wie vor jeden Tag ein, jetzt mit Glorygirl, Misswinnie, Temeo und den Kindern, wie sie es bei Kindermann gelernt hatte, und manchmal, wenn sie sich einsam fühlte, ging sie mit einem jungen italienischen Arzt in ein Restaurant und flirtete mit ihm. Auf Abenteuer ließ sie sich nicht ein, sie brauchte alle Kraft für ihre Arbeit und »die Gotteskinder, die ihr anvertraut waren«, wie sie es nannte.

Nachdem sie zwei Jahre allein hart gearbeitet hatte, wurden die Flüchtlingslager unter eine neue Verwaltung gestellt; ihre Mithilfe war nicht mehr gefragt. Man wies sie sehr höflich, aber bestimmt darauf hin. Einige der Schulen, in denen sie Unterricht gegeben hatte, erhielten staatlich besoldete Lehrer. Ihr Arbeitsradius und damit ihre Lebensgestaltung veränderte sich. Sie überlegte nun, in ihrer Heimat Freunde zu bitten, Geld für ein großes Waisenkinderprojekt zu spenden. Aber sie hatte ja mit ansehen müssen, wie die Kinder der katholischen Nachbargemeinde schließlich auf der Straße landeten, nachdem dort alle Einrichtungen verkauft worden waren. Die Mädchen waren jetzt schutzlos der Prostitution ausgeliefert; die Jungen fanden Pflegefamilien, wo sie ihr Leben lang ausgebeutet wurden.

Sie wusste instinktiv, dass ein solches Projekt nicht grundsätzlich falsch gewesen war, dass man auch im Fall ihrer Nachbargemeinde nicht wirklich von Scheitern sprechen konnte. Trotzdem fiel ihr keine bessere Alternative ein und sie erinnerte sich wehmütig an Marios Argumente. Es war schließlich stiller Gehorsam, als sie allen Versuchungen widerstand, ihr Vorhaben zu verwirklichen.

Es schmerzte sie, dass sie von den Menschen hier anders

angesehen wurde, seit sie nicht mehr mit dem alten Motorrad, sondern mit einem nagelneuen Range Rover vorgefahren kam. Sie spürte, dass all die Veränderungen seit Marios Tod ihre Lebensfreude reduziert hatten. Als man sie bat, an Stelle des Predigens Verwaltungsaufgaben im Gemeindezentrum der Region zu übernehmen, dachte sie daran, Bukoba aufzugeben.

▸Draußen regnete es in Strömen und es wurde kalt. Die Heizung war an diesem Morgen aufgedreht worden und nach und nach wärmten sich die Räume des Hauses auf. Joseph und ich saßen in der Bibliothek. Helen hatte uns Tee gebracht, weil der Diener seinen freien Tag hatte.

»Wenn du jetzt zurückdenkst, Joseph, hast du den Eindruck, in eurer Beziehung etwas falsch oder etwas richtig gemacht zu haben?«, fragte ich ihn.

»Wenn ich versuche, die Entwicklung aus Friederikes Sicht zu sehen, war es falsch, ihr den teuren Wagen zu kaufen. Damit begann ihre Entfremdung von den Menschen. Sie hat es spät gemerkt. Wir haben darüber gesprochen, dass das ihrem Mann nicht passiert wäre. Der kannte Afrika und unsere problematische Rolle dort.«

»Aber sie konnte mit einem Auto unter dem Hintern sehr viel mehr leisten«, gab ich zu bedenken.

»Natürlich. Aber Leistung ist nicht alles. Wenn ich mit meinem Jaguar in Liverpool vor eine Arbeiterkneipe fahre, sie betrete und mich in meinem guten

Anzug an die Theke stelle, dann bin und bleibe ich ein Fremdkörper. Ich hatte Friederikes Probleme in Afrika nicht, ich verkehrte in anderen Kreisen. Sie hat schließlich begriffen, warum ihre Zeit zu Ende war ... Als ich ihr das Auto aufdrängte, habe ich an ihre Sicherheit – und an mich gedacht, nicht an Afrika und was man dort tun oder besser lassen sollte. Ich war jedes Mal glücklich, wenn Friederike mein Geld brauchte. Ich war glücklich, auf diese Weise einen winzigen Anteil an ihrem Leben zu haben.«

»Die Geschichte mit diesem Pfarrer, der die Einrichtungen des Kinderprojektes nach und nach verscherbelt und versoffen hat – hat Friederike sie dir erzählt?«, fragte ich.

»Ja! Sie hat am Ende darüber gelacht, nachdem ihr klar wurde, dass der Bischof und seine Priester und die guten Leute aus der Schweiz niemals auf gleicher Augenhöhe sein würden – und die betroffenen Waisenkinder schon gar nicht! Friederike hat mir auch von dem Brief des Erzbischofs an die Schweizer Spender erzählt. Also, solche Briefe schreibt man nur, wenn man nicht mehr ganz dicht ist – oder tief verletzt. Was in dem Fall zutrifft, kann ich nicht beurteilen, ich kenne den guten Bischof ja nicht ...«

»Lass mich noch eines fragen: Kindermann hat seinen Sohn offenbar als lästig empfunden und in eine Pflegefamilie gegeben. Friederike fand nichts dabei und hat ihre Tochter und die Pflegetochter auch abgeschoben. Für eine bestimmte Zeit wenigstens. Findest du das in Ordnung?«, fragte ich.

»Ich finde es scheußlich! Auch wenn es für die

meisten Kinder wahrscheinlich kein großer Segen ist, dauernd bei ihren Eltern zu sein. Aber eine gewisse Nestwärme, Liebe und Nähe, das sollten Eltern ihren Kindern geben.«

»Die beiden haben sich wohl nicht so viele Gedanken darüber gemacht, oder?«

Joseph zuckte gleichmütig mit den Achseln. »Sie waren ja nicht nach Afrika gereist, um Kinder großzuziehen, sie hatten andere Ziele. Vielleicht meinten sie, Gottvertrauen sei genug. Außerdem: Wer im Glashaus sitzt, sollte nicht mit Steinen werfen. Ich habe ja selbst drei Söhne, um die ich mich nicht sonderlich kümmere ...«

»Haben die beiden gedacht, Gott würde schon seine Hand über die Kinderchen halten?«, fragte ich.

»Wer ein großes Lebensziel hat, das über allem steht, sei es nun eine Religion, eine Ideologie oder eine große Liebe, der legt auch seine Kinder auf den Altar, wie Abraham Isaak zu opfern bereit war.«

Am nächsten Morgen erreichten mich drei Briefe, zwei davon hatte meine Redaktion mir nach Chatham nachgeschickt. Ein Brief war vom Missionar Friedrich-Wilhelm Ganse, dem Bruder von Friederike; ein weiterer von Dr. Paolo Cacuci aus dem *Government Hospital* in Bukoba; der dritte von Professor Dr. Simon Kamata.

Friedrich-Wilhelm Ganse schrieb:

»Verehrter Herr Geldermann, gelobt sei der Herr in Ewigkeit. Sie und Ihr Vorhaben, über meine hingeschiedene Schwester ein Lebensbild zu schreiben, kann ich allerdings nicht loben. Was soll der Unsinn? Das hieße ja, die Hoffart auf die Spitze treiben. Mehr kann und will ich nicht sagen. Gott befohlen.

Friedrich-Wilhelm Ganse«

Ehrlich gesagt, kannte ich das Wort »Hoffart« nicht und musste es nachschlagen. Ein merkwürdiger Brief. Warum ließ sich der Bruder zu einer so harschen Äußerung über seine Schwester hinreißen?

Der Brief des italienischen Arztes aus Bukoba überraschte mich:

»Friederikes Boy Temeo hat mir Ihren an ihn gerichteten Brief gezeigt und mich gebeten, Ihnen zu schreiben. Er fühlt sich nicht in der Lage zu antworten, der Verlust seiner geliebten ›Mama Frida‹ schmerzt ihn noch sehr und über ihr Ende möchte er sich nicht äußern.

Ich habe als Italiener keinerlei Beziehung zu Protestantismus und Mission und will Mrs Kindermann deshalb so beschreiben, wie ich sie gesehen habe. Sie war eine hinreißende Frau, sinnlich und von innen her schön, auch wenn sie das unter dem kirchlichen Habitus verborgen hielt. Ich gestehe, dass ich alles daran gesetzt habe, sie nach dem Tod ihres Mannes zu erobern. Als ich hoffte, sie berührt zu haben, war sie schon weit entfernt …

Gott wird diesen guten Menschen in seiner Gnade aufnehmen.

Dr. Paolo Cacuci, Arzt im Government Hospital Bukoba«

An Simon Kamata hatte ich auf Vorschlag von Joseph Pollock ein Fax von England aus geschickt. Er antwortete rätselhaft:

»Lieber Nick Geldermann, obwohl ich Afrikaner bin, habe ich erst durch Schwester Friederike (und ihre Art, mit Joseph umzugehen) begonnen, an Zauberei zu glauben. Ich bin immer noch nicht sicher, ob sie verbrannte Erde oder blühende Felder bei meinem besten Freund hinterließ. Ich erfuhr von den Umständen ihres Todes. Das hat mich in meinem Glauben an sie bestärkt. Grüßen Sie bitte Joseph.

Ihr Simon Kamata«

Nachdem ich Joseph die Briefe vorgelesen hatte, lud er mich zu einem langen Spaziergang ein. Er liebte es, während unserer Wanderungen zu erzählen. Es war ein sonniger, aber kalter Herbsttag, Joseph hatte mir eine dicke Jacke geliehen.

Dritter Teil

Wie ein blindes Mädchen

Schlammspritzer und Dreck bedeckten den Geländewagen, er stand wie ein starkes müdes Schlachtross vor dem Hotel in der Garden Avenue in Dar es Salaam. Die Windschutzscheibe war rot und braun verschmiert und in den anderen Farben der Straßen im Landesinnern.

Der mittelgroße, vielleicht fünfzigjährige Mann, der trotz der Hitze und der Anstrengungen einer offensichtlich langen Safari Anzug und Krawatte trug, stieg aus, übergab den Schlüssel seinem schwarzen Begleiter (der sein Fahrer war, obwohl Joseph Pollock seine Autos meist selbst steuerte) und betrat das Hotelfoyer. Seine sparsamen Bewegungen und seine ganze Erscheinung waren auf bescheidene, aber selbstbewusste Art auffällig. Ein Hauch von Einsamkeit umgab ihn für jene, die ein Gespür für die Ausstrahlung von Menschen haben. Die wenigen weißen Touristen in den Sesseln des Foyers hielten in ihrem Geplauder inne und betrachteten ihn über ihre Gepäckberge hinweg fast aufdringlich. Die afrikanischen Besucher flüsterten sich etwas zu und wiesen mit unmerklichen Kopfbewegungen auf ihn. Man kannte Pollock in der Geschäftswelt von Dar es Salaam, die in den teuren Hotels ihre Konferenzen abhielt.

Der Mann ging auf die Rezeption zu, sein Begleiter flüsterte im Hintergrund etwas mit dem Portier und schickte ihn mit einer Handbewegung zu den Koffern.

Der Angekommene füllte schweigend das Hotelformular

aus, reichte seinen Pass der Angestellten und bedankte sich mit einem höflichen Kopfnicken. Das Interesse, das er ungewollt hervorgerufen hatte, schien er nicht wahrzunehmen. Er biss sich gedankenverloren auf die Lippen, betrat den Aufzug und fuhr in das fünfte Stockwerk.

Der schwarze Boy in Uniform hielt ihm zuvorkommend die Tür zu seiner Suite auf und erhielt dafür einen Zweitausend-Schilling-Schein; Lohn für das Versorgen der Koffer, die ordentlich nebeneinander und schon abgestaubt an der Wand standen, und für die überflüssige Aufmerksamkeit, alle Zimmer- und Nachttischlampen bereits eingeschaltet zu haben; beim hellen Licht des Tages eine mehr symbolische als nützliche Serviceleistung.

Als sich die Tür hinter dem Boy geschlossen hatte, starrte Joseph Pollock wie unschlüssig auf die Koffer, summte ein paar Takte und trat dann an das Fenster. Er blickte auf die Garden Avenue und die parkenden Taxis an der Ecke Mirambo-Street. Der Lärm des Verkehrs und die Stimmen der Händler drangen gedämpft durch die dicken Fensterscheiben. Auf der gegenüberliegenden Straßenseite hielt ein Lastwagen, die Seitenklappen wurden heruntergelassen und zwei junge Afrikanerinnen begannen, mit ununterbrochenem Geplapper und Gelächter Oberhemden und Herrenhosen zu verkaufen. Eine Traube von Menschen bildete sich um sie herum. Es musste ein sehr günstiges Angebot sein, denn gebrauchte oder neue Textilien wurden für gewöhnlich an jeder Straßenecke verkauft.

Joseph Pollock hätte gern das Fenster geöffnet; er liebte den faulig-süßlichen Geruch der Straßen nach dem Regen in Afrika. Er ließ sich in einen Sessel fallen und trank aus einer Flasche Mineralwasser. Sein Blick fiel dabei auf die Reproduktion eines Bildes von Chagall, das über dem Bett hing und auf dem sich Engel und Teufel, wie ihm schien, im Himmel zu einem Tanzvergnügen eingefunden hatten.

Er öffnete einen der Koffer, um seine zusammengelegten Oberhemden herauszunehmen. Der zweite Koffer blieb verschlossen.

Er trug einen kurz geschnittenen, fast schwarzen Vollbart. Der Bart und seine helle, von der Sonne kaum gebräunte Haut, dazu sein eleganter dunkler Anzug gaben seiner Erscheinung etwas Vornehmes, er sah aus wie ein Besucher aus einer lange zurückliegenden goldenen Zeit.

Joseph Pollock hatte Afrika seit seiner Ankunft mit einem Genueser Linienschiff vor fast acht Jahren nicht mehr verlassen.

Er hatte sich auf diese erste große Reise seines Lebens beinahe kindlich gefreut – und sich entschieden, keines der bequemen Flugzeuge von London, Frankfurt oder Zürich zu nehmen. Hier ergab sich, so schien es ihm, eine unwiederbringliche Chance, etwas von dem Lebensgefühl seiner reisenden und erobernden Landsleute vor Hunderten von Jahren nachzuempfinden, in gewisser Weise nachzuleben. Er war noch jung genug gewesen, um sich auf ein solches Abenteuer einzulassen.

Würde man ihn jetzt, beinahe acht Jahre später, nach den Beweggründen fragen, warum er über die ursprünglich geplanten drei Wochen hinaus noch immer in Afrika sei, würde er vielleicht halb traurig, halb verlegen lächeln, aber ausweichend antworten: Eine ehrliche Antwort wäre ihm zu intim gewesen und ging außer seinen Freund Simon niemanden etwas an.

Ohnehin wussten nur sehr wenige seiner Freunde vom

Drama seines Lebens, das auf der *Andrea Doria* begonnen und immer noch kein Ende hatte. Wie es nun weitergehen würde, wusste er nicht, ein guter Geist schützte ihn mit Ahnungslosigkeit.

Er bewegte sich vom Fenster fort, schaltete die Klimaanlage aus, warf gedankenverloren seine Jacke auf das Sofa und setzte sich ans Telefon. Neben dem Gerät stand eine üppig gefüllte Schale mit Früchten, die er nicht beachtete.

Er wählte auswendig eine lange Telefonnummer und wartete, bis sich eine Frauenstimme in London meldete; es war Anne, seine geschiedene Frau. Sie war wie immer aufgeregt, wenn er sich meldete. Wie ein aufgeschrecktes Huhn, dachte er verdrießlich und gab sich Mühe, den gelassenen Ton beizubehalten, den er für gewöhnlich pflegte. Er erfuhr aus ihrem nervösen Gestammel, dass ihr gemeinsamer Sohn John, der Jüngste, irgendeine Prüfung bestanden habe, dass das Dach gemacht werden müsse, dass die Bank noch einmal einen Zinsüberschuss gutgeschrieben habe, dass es ihrer Mutter gar nicht gut gehe und dass sie dringend zum Frauenarzt müsse. Um welche Prüfung es sich gehandelt hatte und was sie sonst noch von den gemeinsamen drei Kindern erzählte, vergaß er sofort. Die Bemerkung über den Frauenarzt berührte ihn peinlich.

Die Gelassenheit, mit der er am Telefon mit ihr sprach, täuschte darüber hinweg, dass tief in ihm immer noch ein unangenehmes Gefühl rumorte, dass er eine Art beklommenes Gewissen hatte, als sei ihre Geschichte ein unbewältigtes Kapitel in seinem Leben. Sie waren zwölf Jahre lang verheiratet gewesen und hatten eine Ehe geführt, die weder glücklich noch unglücklich gewesen war, aber doch beide zufrieden gestellt hatte. Die drei Söhne hatten stets mit einer gewissen Zuneigung und Aufmerksamkeit ihres beruflich erfolgreichen Vaters rechnen können, ihn aber selten gesehen, denn er war in Geschäften mehr unterwegs, als es eigentlich erforderlich gewesen wäre.

Als Joseph nach dem Telefonat aufgelegt hatte, fühlte er sich, als habe er eine Pflicht oder eine Konvention, die er im tiefsten Inneren aus der Erziehung seines Onkels und der Familientradition gespeichert hatte, zu aller Zufriedenheit erfüllt.

Auch den Anschluss, den er nun wählte, hatte er im Kopf. Er rief bei der Universität an, in der Fakultät für Literaturwissenschaft und Geschichte. Während er die Wahlknöpfe drückte, sah er in Gedanken das alte Gebäude vor sich und sich selbst anlässlich eines früheren Besuches, als man ihn vor ein paar Jahren um einen Gastvortrag über »Afrika und die internationale Wirtschaftspolitik« gebeten hatte, einen Vortrag über das Spannungsfeld europäischer und afrikanischer Politik.

»Bist du es, Joseph?«

Er räusperte sich und lachte, bevor er antwortete.

»Woher wusstest du, dass ich es bin, schwarzer Mann?«, fragte er.

»Heute ist der 31. März«, antwortete die Stimme am anderen Ende der Leitung, in einem Ton gespielter Empörung. »Ich werde es nicht vergessen, *mzungu*. – Wann geht es los?«

»Hast du Zeit? Dann hol mich um achtzehn Uhr zum Essen ab. Wir fahren ins *Royal Palm Hotel*«, sagte Joseph.

»Wenn es dieses Hotel sein muss, dann füge ich mich deinem Wunsch ... Ich will dich morgen begleiten, Joseph«, sagte der Afrikaner.

»Das ist freundlich von dir, Simon.«

»Ich fahre mit dir nach Bagamoyo. Einverstanden, Joseph?«

»Wie jedes Jahr, nach Bagamoyo, Simon«, sagte Joseph Pollock.

»Trotzdem sehen wir uns gleich?«, fragte der Mann, als wolle er alle Zweifel ausschließen.

»Wir sehen uns gleich. Und fahren morgen zusammen nach Bagamoyo, Mister Simon Kamata!«

»O.k., Mann! Ich bin gleich da!«

Joseph legte auf und lächelte wegen der umständlichen afrikanischen Art zu reden, die sie manchmal aus Spaß miteinander pflegten, wobei sie die bedächtige Art der Dorfbewohner kopierten, die sich alles wiederholen ließen, um jedes Gespräch in die Länge zu ziehen. Pollocks Herz klopfte heftig. Er stand vor seiner dritten Reise nach Bagamoyo. Eigentlich war es die vierte, aber die erste Reise zählte nicht; sie hatte in einem anderen Leben stattgefunden. Zwei Mal hatte er vergeblich gewartet.

Nur das Vergebliche zählt, dachte er verzagt, Erfüllung ist nicht wirklich erstrebenswert. Das muss ich lernen, so bitter es auch ist.

Sein Herz und seine Hände zitterten, wenn er daran dachte.

Dr. Simon Kamata holte seinen Freund pünktlich ab. Sie fuhren mit Simons Toyota um ein paar Ecken in die Ohio Street, betraten das feudale, aber völlig nüchterne und kühle Hotel und verbrachten den Abend in einer ungestörten Ecke des Restaurants, das an den Wänden mit ein paar lächerlichen afrikanischen Schnitzereien ausgestattet war, damit auch der letzte Geschäftsmann oder Tourist nicht vergaß, dass er sich in Afrika befand ... Joseph hatte das *Royal Palm* vorgeschlagen, weil es nicht weit entfernt von seinem Hotel lag. Und weil ihm an diesem Tag die kühle Distanziertheit und Unaufdringlichkeit zu seiner seelischen Verfassung zu passen schien.

Die beiden Freunde hatten sich ein halbes Jahr lang nicht gesehen und tauschten lange und ausführlich aus, was sie erlebt hatten. Über ihre gemeinsame Reise nach Bagamoyo, die am nächsten Tag stattfinden würde, sprachen sie erst am späteren Abend, nachdem sie schon einige Whiskys und Biere genossen und der Kellner das Dessert gebracht hatte.

»Meinst du, deine geheiligte Schönheit kommt dieses Mal?«, fragte der Schwarze sinnierend und sog an einer Havanna, die Joseph hatte kommen lassen. »Jedes Jahr die gleiche vergebliche Zeremonie! Kein Wunder, dass die europäischen Völker nach und nach aussterben, wenn sie in der Liebe nie zur Sache kommen ... Nicht dass ich für eine solche Inszenierung nichts übrig hätte, Joseph. Sie hat ja durchaus literarische Qualitäten ... Aber mir scheint es manchmal, als würdest du gar nicht wünschen, dass Friederike käme, als würdest du diese Vergeblichkeit geradezu genießen.«

»Das ist doch nicht entscheidend! Und als Schönheit im herkömmlichen Sinn kann man sie vermutlich nicht bezeichnen. Und auch heilig ist sie nicht«, antwortete Joseph und blickte seinen Freund amüsiert an.

»Was ihr immer mit eurer Schönheit habt! Es gibt nur eine Art von Schönheit. Schön ist schön«, behauptete Simon, ohne näher zu erklären, wie er es meinte, und fuhr fort: »Auf eine bestimmte Geliebte an einem bestimmten Tag, und das Jahr für Jahr, vergeblich zu warten, das ist eine große einsame Geste! Ihr Europäer liebt dieses Pathos, nicht wahr? Nicht nur bei Liebschaften, auch bei Geschäftsabschlüssen, in der Literatur, und besonders angesichts der Ewigkeit. Die ganze Kolonialgeschichte ist ohne eure aufgedröhnte Erhabenheit gar nicht denkbar.« Simon nahm einen Schluck. »Eigentlich ist es das erhabene Gefühl, das Ersehnte bekommen zu haben oder für immer darauf zu verzichten ... Und dann ausgerechnet in Bagamoyo, das setzt deiner Liebesgeschichte die Krone auf ...«

»Weil es das Zentrum des Sklavenhandels war?«, entgegnete Joseph. »Das ist reiner Zufall.«

»Solche Zufälle gibt es nicht. Das weißt du. *Leg nieder dein Herz ...*«, sagte Simon.

»Doch, es ist Zufall! Und das Pathos, von dem du da redest und das du uns Europäern ankreidest, ist eben Teil unserer innersten Empfindungen. Das unterscheidet uns von euch Afrikanern. Wenn wir einen Büffel erlegt haben, stellen wir gern einen Fuß darauf und lassen uns mit der Flinte in der Hand fotografieren. – Afrikanische Jäger tun das nie! *Leg nieder dein Herz,* ist das etwa nicht pathetisch?«

»Nein, absolut nicht! Das ist tiefe Trauer und Resignation«, erwiderte der Schwarze.

Joseph hielt das brennende Streichholz an seine Zigarre und grinste.

»Wenn Schwarze versuchen, unser Pathos nachzumachen, machen sie sich lächerlich«, fuhr er fort. »Genau so, wie wir *uns* lächerlich machen, wenn wir versuchen wie Afrikaner zu tanzen.«

»Wie ist das gemeint, Joseph?« Simon schüttelte den Kopf, als würde er eine Entschuldigung erwarten. »Du bist doch wohl nicht Rassist geworden und reduzierst uns jetzt auf unsere Fähigkeit zu tanzen?«

»Natürlich bin ich Rassist. So wie wir alle, ob schwarz oder weiß. Ich habe vor meinem Hotelfenster ein großes Werbeplakat gesehen. Ich glaube, es ging um eine Biersorte, *Safari*

Lager oder so etwas. Da stehen ein junger Mann im besten europäischen Anzug und eine elegante Frau im Abendkleid, beide Afrikaner, neben ihrem nagelneuen Wagen und schauen von einer Klippe in den Sonnenuntergang, ein Bier in der Hand. Solche Werbung ist ein kultureller Import, sie wirkt lächerlich.«

»Du meinst, Afrikaner in europäischen Anzügen oder Abendkleidern und mit einem Bier in der Hand sind lächerlich?«, fragte Simon amüsiert.

»Es geht um die falsche Geste. Die Geste von den falschen Leuten für die falsche Sache am falschen Ort. Gerade weil wir uns ziemlich gleich sind, sollten wir uns die kulturellen Unterschiede deutlich machen«, sagte Joseph.

Simon Kamata griff nach seinem Bierglas. »Vielleicht sind wir uns ähnlicher, als wir denken. Aber die Weißen sehen das nicht so. Ihre Art, mit uns Afrikanern umzugehen, erinnert mich immer an die Geschichte von dem kleinen blinden Mädchen, das so gut Klavier spielt. Die Leute sehen nur das blinde Klavier spielende Mädchen. Keiner fragt, ob es wirklich gut spielt, warum es blind ist und was es sonst noch kann. Ihr habt eure Freude an den Afrikanern, als wären sie Klavier spielende blinde Kinder ...«

Joseph ging nicht direkt auf das ein, was Kamata gesagt hatte. »Ja, statt ins Pathos zu geraten, beginnt ihr zu tanzen oder zu trauern oder zu verzeihen oder zu lieben. Ich finde das im Grunde gar nicht schlecht und beneide euch sogar ein bisschen darum.« Er winkte dem Kellner nach einem neuen Bier. »Das macht euch Afrikaner aber noch lange nicht zu Vorbildern. Ihr habt eure eigenen Mythen und Tricks – und viel Zauberei obendrein. Und einige eurer unheilvollen Traditionen werden euch noch strangulieren, bevor ihr nach der

Befreiung von den Europäern richtig Luft geschnappt haben werdet.«

»Ich weiß. – Vielleicht liegst du ja richtig«, sagte der schwarze Professor und tat resigniert. »Und vielleicht haben wir euch Europäer irrtümlich von Anfang an alle Schuld an unserem Elend zugeschoben. Dabei haben wir uns vermutlich alles selbst eingebrockt ...«

Joseph lächelte müde und antwortete: »Vieles Wichtige entsteht aus Missverständnissen. Ob zwischen den Völkern oder bei meiner verrückten Liebe. – Wann fahren wir morgen los?«

Der Abend neigte sich dem Ende zu. Sie verabredeten sich für fünfzehn Uhr, um nach Bagamoyo zu fahren. Als Simon Joseph vor seinem Hotel absetzte, erwähnte er, dass die Straße zwischen Dar es Salaam und Bagamoyo inzwischen geteert und zu einer Art Autobahn ausgebaut worden sei. Sie würden sich also nicht über eine endlose staubige und schlaglochreiche Piste quälen müssen wie in den Jahren zuvor.

Die Vorstellung gefiel Joseph nicht. Auf einer Autobahn fuhr man nicht zu einem solchen Treffen, das ihm die Kehle zuschnürte und sein Verlangen weckte, wenn er nur daran dachte.

Wer singt da, als kenne er dich und mich?

Die beiden Männer im Auto, der eine am Steuer, der andere auf dem Sitz schräg hinter dem Fahrer, schwiegen, seit sie Dar es Salaam verlassen hatten. Joseph Pollock starrte mit unbewegtem Gesicht, aber wachen Augen auf die hügeligen Formen der Landschaft, die sorgsam bestellten Felder mit Hirse oder Mais, die geduckten Büsche, einsamen hohen Bäume und hin und wieder einen Palmenhain.

»Es könnte ein verdammtes Gewitter geben, Joseph ... *O yes, Sir!*« Simon Kamata wandte leicht seinen Kopf, damit sein Freund im hinteren Teil des Wagens ihn besser verstand.

»Und was für eines!« Er wies mit seiner Rechten in den schwarzen Himmel über einem flachen Gebirgszug. »Sieh dir das mal an, da hinter Kunduchi, verdammt noch mal! ... Wie damals in Mbeya, erinnerst du dich? Und du wolltest nicht bleiben, weil dir das Hotel nicht passte. Bald wären wir abgesoffen ...« Er kicherte vor sich hin und fiel in den Straßenslang tansanischer Großstadtjugendlicher. »Wa' 'ne Schnapsidee von *di very wait massa Joseph!* ... Hatta mal Schnapsideen ... Weiß heuta alles bessa ... Damals hattest du noch keine Ahnung von unserem Land, Joseph! Genau so war es!« Simon lachte ausgiebig, legte am Armaturenbrett den Knopf der Klimaanlage um und ließ ein Seitenfenster heruntergleiten. Wegen des Staubs, der als dicke braune Schicht auf der Straße lag, drosselte er die Geschwindigkeit, bis sie fast Schritttempo fuhren. Er steckte sich eine Zigarette an und bemühte sich, den Qualm aus dem Fenster zu blasen.

Luft strömte in den Wagen wie warme Watte, vermischt mit dem Duft von nahendem Regen und Zitronenschalen. Rechts und links Buschlandschaft und Felder. Vor den Hütten saßen die Bauern mit ihren Familien vor Wänden aus roter Erde, im euphorischen Licht des Abends, warteten auf das Gewitter und schauten dem langsam dahinkriechenden Auto nach. Manchmal kamen Kinder an die Straße gerannt, ohne sich am Staub zu stören, und riefen den Reisenden etwas zu. Oder hielten ihnen Flaschen mit Honig oder Körbe mit frischen Feigen entgegen.

»Vermutlich hast du Recht, Simon«, sagte Pollock ohne besonderes Interesse und ohne auf die Erinnerungen seines Freundes einzugehen. Er hielt einen schlanken Ebenholzstock, in dessen Griff Elfenbein eingelegt war, zwischen den Knien. Er saß abwartend, wie manche Männer etwas steif auf Parkbänken sitzen, und lehnte sich nicht bequem zurück. Seine dunkle elegante Anzugjacke hatte er ausgezogen und an den Haken über der rechten Tür gehängt, nicht aber seine Krawatte abgelegt. Aus der Rückenlehne des Beifahrersitzes hatte er den Verschluss einer kleinen Bar heruntergeklappt. Eine Flasche Wasser, Whisky und Plastikbecher standen in den Halterungen. Joseph mischte Whisky mit etwas Wasser und reichte einen Becher nach vorne, dann bereitete er die gleiche Mischung für sich selbst. Er trank vorsichtig und in kleinen Schlucken. Sein Freund warf den leeren Plastikbecher achtlos aus dem Fenster.

»Natürlich habe ich Recht«, sagte Simon scherzhaft, und nach einer Pause fuhr er eifrig fort, hielt aber manchmal inne, als suche er nach Worten: »Es ist verdammt schön ...

wieder mal in Bagamoyo … welch ein magischer Ort …« Er lachte auf.

Er will mich aufheitern mit seinem Gerede, dachte Joseph und blickte auf seine Hände, die den Knauf seines Stockes umfasst hielten. Neue Altersflecken. Er sah über die Schulter seines Freundes hinweg in den jetzt dramatisch dunklen Abendhimmel mit den Gewitterwolken.

Die Nacht steigt ans Land, dachte er und strich mit einer Hand über seine Krawatte. Wenn man doch schon das Meer sehen könnte! Ein starkes Heimweh überfiel ihn schmerzlich und er war den Tränen nahe.

Der Fahrer schloss das Fenster, schaltete die Klimaanlage wieder ein und gab Gas, nachdem der Mann auf dem Rücksitz die Getränke in Sicherheit gebracht und die Bar wieder verschlossen hatte. Der Wagen schoss auf der breiten Piste davon und zog eine braunrote Staubwolke hinter sich her. Die beiden Männer schwiegen.

Es war kurz nach achtzehn Uhr und schon fast dunkel, als sie die große Hotelanlage des *Livingstone Club* erreichten. Der Wagen parkte auf dem sorgfältig gefegten Innenhof. Joseph Pollock stieg aus, er ging zügig und mit kräftigen Schritten, den Stock unter den linken Arm geklemmt, durch die Eingangstür und ins Foyer. Simon folgte, zeigte den beiden Bediensteten die Koffer und überwachte die Angestellten, die die Gepäckstücke in ihre Zimmer trugen.

An der Rezeption standen einige Hotelangestellte mit erwartungsvollen Gesichtern, drei Männer und vier Frauen, um die neuen Gäste herzlich zu begrüßen. Sie verbeugten sich, in ihren Augen stand scheue Zurückhaltung, als umgebe diesen Weißen und seinen Begleiter, die in jedem Jahr am gleichen

Tag kamen, etwas Tragisches. Der italienische Hotelbesitzer kam im Laufschritt aus den hinteren Räumen, begrüßte Joseph mit einem Wortschwall auf Englisch und versicherte ihm, die Zimmer seien selbstverständlich gerichtet wie immer. Und auch der Platz im Restaurant sei entsprechend seinen Anweisungen vorbereitet.

»Alle freuen sich, dass Sie hier sind! Wir reden seit Tagen von nichts anderem, Sir«, beteuerte er und hielt die Hände des Gastes fest.

Joseph begrüßte den afrikanischen Geschäftsführer Fidelis Ameri und das Personal, soweit es in die Rezeption gekommen war. Er sah ihnen lächelnd in die Augen, dann stieg er die Treppe hinauf und ging in sein Zimmer.

Die Angestellten des Hotels sprachen Simon Kamata mit *Sir Simon* an. Er lehnte sich lässig an den Tresen der Rezeption, nachdem Joseph verschwunden war.

»Wie geht es ihm?«, fragte Fidelis Ameri mit Nachdruck.

»Du siehst es ja selber, schwarzer Mann! Der weiße Mann wird wieder vergeblich warten«, sagte Simon und lachte traurig.

»Keine Neuigkeiten?«

»Keine Nachricht von ihr, Mister Fidelis«, sagte Simon und trank von dem Wasser, das ihm ein junges schwarzes Mädchen mit einem verlegenen Knicks hingestellt hatte.

»Es bricht uns das Herz«, sagte Fidelis Ameri und legte die linke Hand auf seine Brust.

»Das ist nicht nötig«, sagte Simon und fuhr eifrig fort: »Sie sind, wie sie sind, nur nehmen sie leider alles so tragisch! Würdest du dich jahrelang grämen, wenn eine Frau dich nicht haben wollte? Ich will dir sagen, was ich tun würde: Ich würde mich nach einer anderen schönen Frau umsehen und meinen früheren Schwarm vergessen. So einfach wäre das. Mann, komm! Trinken wir ein Bier auf seine Gesundheit. Und dass wir in Bagamoyo sind.«

Die beiden Männer lachten und schlugen sich auf die Schultern. Fidelis griff in den Kühlschrank und öffnete zwei Flaschen *Safari Lager*. Simon fuhr mit einem Finger an einer Makonde-Figur entlang, die auf dem Tresen der Rezeption stand, hob sie hoch, um sie besser betrachten zu können, und setzte sie wieder ab.

»Was soll die kosten?«, fragte er.

»Ich will sie Mr Pollock anbieten. Wäre das was für ihn?«, fragte der Geschäftsführer eifrig.

»Wenn du sie ihm anbietest, riskierst du, ihn für immer los zu sein. Mister Pollock *hasst* Makonde-Figuren.«

»Und unsere Tinga-Tinga-Malerei?«, fragte Fidelis Ameri. Er wies auf einige Bilder, die hinter dem Tresen standen.

»Die – hasst – er – noch – mehr!«

Sie schlugen sich noch einmal laut lachend gegenseitig auf die Schultern.

Joseph Pollock vergewisserte sich gemeinsam mit dem Zimmerdiener, ob in der Suite, zu der zwei Zimmer, ein geräumiges Bad und ein Balkon gehörten, alles sauber und in Ordnung war. Er hatte um reichen Blumenschmuck gebeten, weiße neue Bademäntel, Sandalen für den Strand, ausreichend Duftkräuter im Bad und eine nicht zu grelle Beleuchtung aller Räume. Er war mit allem zufrieden und gab dem Zimmerdiener ein Bündel Kleidungsstücke zum Aufbügeln.

Von draußen hörte man das dumpfe Schlagen der Wellen und Stimmen und Gelächter vom Strand. Es war noch hell genug, dass Joseph die Mangrovensümpfe sehen konnte. Er lehnte an einer der weiß gestrichenen Holzsäulen auf dem Balkon und lauschte dem Konzert der Frösche. Als die Tür sich hinter dem Diener geschlossen hatte, ging er hinein, zog den leichten weißen Vorhang zu und warf seine Kleider ab, um eine ausgiebige Dusche zu nehmen.

Nach einer halben Stunde stieg er, in einen frisch aufgebügelten dunklen leichten Anzug gekleidet, die Treppe hinab zum Restaurant und ging schweigend auf einen etwas abseits stehenden, für ihn vorbereiteten Tisch zu. Gedeckt war für zwei Personen, mit zahlreichen Messern und Gabeln, Löffeln und Gläsern. Sie würden sich gegenübersitzen, wenn sie kam; so war es vorgesehen. Aus einem silbernen Kübel mit Eis ragte der Hals einer Champagnerflasche. Auf dem Tisch brannten Kerzen und die Flammen flackerten leicht.

Joseph setzte sich, sein Blick glitt über die niedrige Balustrade direkt auf das graue Meer. Er saß bewegungslos da, nur die Finger seiner linken Hand klopften leicht auf den Tisch, und starrte in die Ferne. In seinem Herzen waren weder Hoffnung noch Zweifel, dass sie kommen würde. Er bemühte sich, das Vibrieren in seinem Innern zu kontrollieren und nicht ständig auf die Armbanduhr zu sehen. Fidelis Ameri näherte sich ohne Unterwürfigkeit, aber vorsichtig – als befürchtete er, seinen Gast zu stören. Joseph bedeutete ihm schweigend, er möge ein Glas mit Champagner füllen. Stumm verrichtete der Mann seine Arbeit, als handele es sich um eine strenge Zeremonie. Dann nahm er eine kleine rote CD entgegen, die Pollock aus der Innentasche seines Jacketts gezogen hatte. Der Schwarze nahm sie, ohne einen Blick darauf zu werfen, es gehörte zum jährlich wiederkehrenden Ritual. Er brachte sie sorgsam wie eine Kostbarkeit hinter die Theke. Er würde sie mindestens drei, vielleicht auch vier Mal an diesem

Abend spielen – bis Joseph betrunken war und er ihn gemeinsam mit Simon Kamata in sein Zimmer trug. Wie schon im letzten Jahr und im Jahr zuvor.

Oder bis sie kommen würde.

Der Geschäftsführer Fidelis Ameri glaubte nicht daran. Niemand in Bagamoyo glaubte daran, aber jeder Afrikaner hier hielt es doch für möglich. Weil sie an Magie glaubten. Weil sie gern an Wunder glauben wollten. Weil es eine schöne Vorstellung war. Jeder kannte die Geschichte von der Frau, die kommen sollte und nicht kam, in irgendeiner Version, kaum jemand erinnerte sich, wie sie sich verbreitet hatte. Sie warteten mit Joseph, als ginge es um die Erfüllung durch Zauberei oder um einen Losgewinn, und hörten – wie in jedem Jahr – die sehnsuchtsvollen Klänge der Musik, die der Mann mitgebracht hatte. Diese Musik war immer anders, aber auch ähnlich wie im Vorjahr. Es war eine fremde Musik, wie sie die Europäer mochten und man sie manchmal im Radio hörte. Sie verzauberte die Menschen und in diesem Jahr sogar jene, denen europäische Musik besonders fremd sein mochte. Die tiefe erotische Stimme der Sandrine Piau breitete sich unbezähmbar in dem Restaurant aus. Keine andere Stimme aus den Konzerthäusern der Welt würde besser hierher passen, so hatte es Joseph empfunden, als man sie ihm von seinem Musikladen in London aus am Telefon vorgespielt hatte. Sein Herzklopfen hatte seine Wahl bestätigt. Keine andere Stimme würde sich besser einfügen in diese warme Nacht am Indischen Ozean, in die Gerüche und Geräusche dieses magischen Ortes aus verwittertem Holz, schwarzem Gemäuer, der zeitlosen Gräber auf dem alten Friedhof, die immer noch krumm und schief und, wie manche meinten, nutzlos an grausame Zeiten erinnerten.

In jedem Jahr fand Joseph eine neue Musik, immer war es Mozart, und immer nahm er sich viel Zeit, sie auszusuchen. In jedem Jahr diktierte ihm seine Hoffnung, *sie* würde kommen, eine neue Klangfarbe.

Fidelis ließ es sich nicht nehmen, seinen Gast selbst zu bedienen.

»Um neun werden wir essen, Mister Fidelis«, sagte Joseph leise und berührte mit einer Hand den Arm des Mannes. Der nickte fast unmerklich und ging davon.

Sein Freund Simon hatte an einem entfernten Tisch Platz genommen, aber so, dass ihn Joseph jederzeit sehen und bei Bedarf rufen konnte. Wenn sie unterwegs waren und Restaurants und Hotels aufsuchen mussten, aßen sie immer gemeinsam. Sie waren Freunde geworden. Es gab keine Distanz; nur Gesten des gegenseitigen Respekts, auf die Simon als Afrikaner Wert legte.

Die einsamen Nachtstunden des Wartens in Bagamoyo aber wollte Joseph immer allein durchstehen. Es war nicht nötig, darüber zu sprechen, niemals wäre es Simon in den Sinn gekommen, sich ihm an diesem Abend zu nähern, ohne dass Joseph ihn gerufen hätte. Aber er ließ es sich nicht nehmen, in seiner Nähe zu bleiben. Denn sein Freund bewegte sich auf einem gefährlichen Boden. Das wussten beide.

Der Gastraum hatte saalartige Ausmaße, vielleicht zwölf Meter in der Länge und zehn Meter tief. Die Tische waren großzügig gestellt und mit dunkelroten Tüchern für Abendgäste gedeckt. Auf allen Tischen standen frische Blumen; die Kerzen wurden entzündet, sobald Ankömmlinge Platz genommen hatten.

Die Besucher des Restaurants – Europäer, Amerikaner und Afrikaner, es waren nicht unbedingt Hotelgäste – drückten sich an diesem Abend halb neugierig, halb scheu in die Ecken, möglichst abseits des stummen Gastes, der einsam wie ein dunkler Besucher von einem fremden Stern, wie ein sagenumwobener Abenteurer, wie ein tragisch Verlassener im Kerzenlicht an seinem Tisch saß und scheinbar nicht wahrnahm, was um ihn herum geschah. Sein Bart glänzte manchmal von Tropfen seiner Getränke. Seine kräftigen dunklen Augenbrauen ließen seine blasse Haut wie von Wachs erscheinen und seine Augen hatten jetzt die Schwärze der Nacht.

Das allgemeine Schweigen war in seiner Feierlichkeit fast belastend. Auch die Schwarzen, Kinder, Vagabunden, Fischer, Krabbensammler, Prostituierten und *Beachboys*, die sich jenseits der Balustrade am Strand versammelt hatten und die Hälse reckten, um einen Blick auf den Mann zu tun, spürten es und sie murmelten leise. Im Lokal hörte man nur die Schritte der Bediensteten. Als nach mehreren Arien, denen die Menschenmenge gebannt gelauscht hatte, die Stimme der Sandrine Piau überwältigend in das Orchester einfiel und »Ruhe sanft, mein holdes Leben ...« sang, als ihr voller Klang weit über den Strand und die Stadt, die Erinnerung der Sklavenzeit, die Handels- und Zollhäuser der Kolonialepoche zu hören war, waren auch jene angerührt und vergossen ein paar Tränen, die nicht wussten, was das für eine Musik war und warum dieser einsame Europäer diesen Ort verzauberte.

Josephs Gesicht war starr. Mit leicht zitternder Hand goss er sich noch einmal Champagner in das Glas und trank.

Es war inzwischen vollkommen dunkel. Joseph sah die Menschen nicht, die ihn vom Strand her aus dem Schutz der Dunkelheit beobachteten. Er kontrollierte zum wiederholten Male die Anordnung des Gedecks auf dem Tisch, nahm ein Päckchen Zigaretten aus der Tasche und entzündete eine davon an einer Kerze. Dann nahm er einen größeren Schluck Champagner. Er lächelte.

Wenn *sie* das sieht, wird sie mich mit strengem Blick wortlos maßregeln, dachte er. Sie wird sich wieder über das schlechte Benehmen der Engländer lustig machen – und natürlich nur mich, Joseph, meinen.

Mit Genuss sog er den Rauch der Zigarette ein.

Als die Arie noch einmal einen dramatischen Höhepunkt erreichte, hob er den Kopf und horchte – doch der Wagen fuhr vorüber.

Dann brach ein Sturm los und jäh trommelten Regengüsse auf das Palmdach, auf den Strand und vertrieben die hartnäckigen Neugierigen bis auf wenige, die sich mit Plastiksäcken schützten. Auf den Tischen flackerten die Kerzen, einige erloschen.

Joseph goss Whisky ein. Der Regen brachte keine Abkühlung, es schien eher, als würde er neue Hitzewellen ins Restaurant drücken.

»Warum zieht er nicht wenigstens diese Anzugjacke aus«, flüsterte Fidelis besorgt Simon Kamata zu. »Er schwitzt sich doch zu Tode.«

Sie wird nie kommen, dachte er verzagt und traurig, aber auch belustigt. Er würde Sir Joseph das, was er wirklich über diese Zeremonie dachte, niemals sagen.

Die Menschen hinter der Balustrade bewunderten diesen Mann, der seinen Glauben an das, was er als »das Größte« in seinem Leben betrachtete, nicht verloren hatte. Und dass er gerade in Bagamoyo auf »das Größte« wartete, diesen Ort mit seiner Tradition aus Hoffnungen, Leid, Schmerzen und Tod und dem poetischen Namen für sein Schicksal wählte, gab auch ihnen auf eine vertrackte Weise Lebensmut und Hoffnung zurück.

Seit Jahren, immer am ersten April, kam er in dieses Lokal und alle, die ihn hier bedienten, die ihn von Jahr zu Jahr erwarteten, hatten 365 Tage, um sich darauf vorzubereiten. Josephs Wagen kam immer gegen achtzehn Uhr am gleichen Datum an. Immer war der Fahrer Simon Kamata an seiner Seite, immer war Joseph mit einer altertümlich wirkenden Eleganz gekleidet, manchmal sogar mit Stehkragen, wie man es von alten Fotos aus den Tagen der Kolonialzeit kannte. Aber dieser unzeitgemäße Eindruck kam nicht nur durch seine Kleidung: Der Mann strahlte ihn aus, als sei er selbst ein Relikt aus vorkolonialen Epochen, als auch Warten und Leidenschaft und Liebe noch andere Bedeutungen hatten als heute.

Der Geschäftsführer Fidelis Ameri lehnte sich über seine Theke und sah verstohlen zu Joseph, der sich noch einmal ein Glas füllte.

Sie würde wieder nicht kommen.

Der Regen hatte seine gewittrige Aufregung hinter sich und ergoss sich ruhig auf die Erde. Plötzlich waren erregte Stimmen unter dem weiten Vordach des Hotels zu hören und ein paar Hotelangestellte eilten nach draußen. Fidelis hatte aus den Augenwinkeln wahrgenommen, dass Joseph von seinem Platz aufgesprungen war, einen Schritt voran tat, mit einem erhobenen Arm stehen blieb und auf den Lärm lauschte. Er stand wie auf schwankendem Boden, wie ein Seefahrer auf den Planken mit dem Blick in die Ferne. Vom Strand strömte Totenstille in den Raum, selbst das Meer schien eine Atempause zu machen, während Sandrine Piau zum zweiten Mal an diesem Abend »Ruhe sanft, mein holdes Leben« sang, verzehrender als je zuvor, und Joseph mit schnellen Schritten auf den Eingang zueilte.

Beinahe ängstlich drückten sich die Angestellten und auch der Geschäftsführer an die Wand, als Joseph mit dem kräftigen Gang eines jungen Mannes, der unbezähmbar sein Ziel anstrebt, die Tür aufriss, beide Arme wie zu einem Siegeszeichen erhoben.

Er hatte Friederikes Nähe sofort gespürt, an seinem einsamen Platz ihre Witterung aufgenommen, als sei er ein Geschöpf des Dschungels. Er würde sie an jeder Bewegung ihrer Hände, ihres Körpers erkennen. Sie stand an der geöffneten qualmenden Kühlerhaube ihres Wagens und hatte offenbar eben noch mit fremden Leuten herumgestritten. Ihre Hände, ihre Kleidung waren völlig verstaubt und verdreckt. Sie trug einen Kaki-Anzug ohne Hut, die dunkelblonden Haare hingen ihr offen und unordentlich über Gesicht und Schultern. Als Joseph sie in seine Arme schloss, verschmolzen seine Tränen mit ihrem Schweiß und sie drückte sich an ihn, als sei er ein lange gesuchter Ort der Rettung und des Glücks, lange ersehnt und einzig auf dieser Welt für sie. Dann weinte sie und schrie ihm ins Ohr:

»Liebster Joss! Du mein Anker und mein Hafen!« Sie lachte auf und drückte ihn ein wenig von sich. Sie war immer noch in Rage, rief einem schwarzen Jungen etwas in einer fremden Sprache zu. Der zerrte drei Kinder von den Rücksitzen ihres Range Rovers. Es waren ein Junge und zwei kleinere Mädchen von kaum sieben Jahren. Joseph erkannte sie sofort.

»Verdammt noch mal! Temeo, wo steckst du!? Ist denn hier niemand, der mir diese dreckigen Bälger mal vom Hals schafft! Wo steckt dein Freund Simon denn? Von dem du mir erzählt hast …«, schrie sie auf Englisch, lachte wieder und küsste den neugierig herbeieilenden Simon auf die Wange, als sei er ein alter Freund. Der Fahrer und zwei junge Hotelangestellte stellten sich linkisch zur Verfügung und Friederike schob die drei Kinder in ihre Richtung.

»Wascht sie gründlich!«, sagte sie. »Besorgt ihnen ein paar saubere Klamotten. Ich habe nichts mehr für sie. Lasst sie nicht entkommen, sie sind wie die Wilden! Hört ihr? Und gebt ihnen etwas zu essen! Nicht dass mir diese Teufelsbrut jetzt auch noch verhungert!«

Die Kinder standen stumm neben dem Auto. Joseph musterte sie heimlich. Das weiße Mädchen hatte verschlagen wirkende Augen und unter allem Staub sah er ihr aufsässiges Gesicht. Sie fixierte berechnend die neue Umgebung und hielt eine gleichaltrige Schwarze an der Hand, die sich ängstlich an sie drückte. Der Junge war vielleicht drei oder vier Jahre älter, völlig verschmutzt und hatte verfilzte Haare.

Warum hatte sie die Kinder auf dem Landweg von Bukoba bis Bagamoyo mitgenommen?, überlegte Joseph.

Er hatte keine Ahnung, was Friederike mit ihnen vorhatte. Als die Hotelangestellten mit den Kindern hinter dem Swimmingpool verschwunden waren, wo sich die Bäder befanden, stellte sich Friederike vor Joseph, betrachtete ihn und sagte ruhig:

»Mein schönster Mann! Geliebt habe ich dich immer, wenn ich an dich dachte. Und vermisst habe ich dich wahrscheinlich jede Minute meines Lebens! Lass mir Zeit, bis ich mich geduscht habe, ja?«

Mit schnellen Schritten stieg sie die Treppe hinauf, ging ohne sich lange umzusehen in Josephs Zimmer und warf die Tür hinter sich zu.

Als sie nach fast einer halben Stunde wieder auf den Flur trat, sang Sandrine Piau zum dritten Mal »Ruhe sanft, mein holdes Leben« – und die neugierige Menschenmenge vom Strand war wieder da und drängte im Schutz der Nacht näher, um das Unerhörte, das Nichterwartete zu sehen.

Sie war doch gekommen! Die Hoffnungen waren nicht vergeblich gewesen.

Friederike betrat das Restaurant, feuchte Haare spielten um ihr Gesicht. Nach der allgemeinen Aufregung, der Hektik, den heftigen Diskussionen und Streitereien um die Kinder war endlich Stille eingetreten – wie in einem kirchlichen Raum. Friederike trug ein weißes langes Kleid, besetzt mit Rüschen und Bändern. Es war nicht aus Seide oder feinen Stoffen gemacht, sondern aus weißem handgewebtem Leinen, dessen grobe Struktur auf geheime Weise zu ihr zu passen schien.

Sie ging selbstbewusst, aber auch bedingungslos ergeben auf Joseph zu, der an seinem Tisch stehend auf sie wartete. Ihr Gang war kräftig, hatte aber auch etwas Weiches und Zärtliches. Joseph bemerkte es mit klopfendem Herzen und seine Hände umklammerten die Rückenlehne seines Stuhls. Dieser kurze Augenblick, als sie auf ihn zuging, hatte etwas von süßer Hingabe, von einer übermächtigen magischen Strömung. Lächelnd zog sie ihn an sich, umarmte ihn und küsste ihn auf Mund, Wangen und Hals. Es herrschte immer noch absolute Stille im Raum. Bis auf die Stimme der Sängerin.

»Wo kommst du jetzt her? Wie ist es dir ergangen?«, fragte Joseph mit heiserer Stimme, als sie sich am Tisch niedergelassen hatten. Die Angestellten des Hotels näherten sich mit den Speisen und stellten sie, unbeachtet von den beiden, vor ihnen nieder.

»Er ist gestorben!«, sagte sie und ihre Stimme war plötzlich tränenerstickt, als berichtete sie von einem Todesfall, der sich gerade ereignet hatte und von dem er nichts wusste. Sie goss sich ein Glas Champagner ein und versuchte, eine schmerzliche heftige Bewegung in ihrem Innern und ihre Tränen unter Kontrolle zu bringen. »Er ist, verdammt noch mal, ohne mich weggegangen.« Sie trank etwas Wasser, nippte am Champagnerglas und nahm seine Hand. »Frag nichts weiter«, sagte sie und lächelte. Ihre Augen glänzten – und endlich sah sie ihn an.

Joseph schwieg zu dem, was sie gesagt hatte. Wie konnte sie jetzt noch über den Toten trauern? Mario Kindermann war seit drei Jahren tot. Sie hatten sich eine Woche nach der Beerdigung in Bukoba getroffen. Sie hatte ihm gesagt, sie wolle dort bleiben und er solle nicht wiederkommen. Er beschloss, die Sache auf sich beruhen zu lassen. Vielleicht gibt es ja Verluste, die erst lange Zeit danach Schmerz verursachen, wenn alle Welt glaubt, es sei schon Gras darüber gewachsen.

»Was ist mit den Kindern?«, fragte er, obwohl er ja über alle Einzelheiten informiert war, was sie nicht wissen konnte. »Es können nicht alles deine eigenen sein, oder?«

»Es sind meine eigenen. Jetzt gehören sie zu uns. Fred stammt aus Marios erster Ehe, Marietta haben wir adoptiert und Corvina ist in meinem Leib gewachsen. Ich werde sie alle bei mir behalten.«

»Und der junge Schwarze?«, fragte Joseph. »Ist es der, den ich in Bukoba mit dir im Hotel gesehen habe?«

»Er ist mein Boy. Ich denke, er kann in Europa studieren. Er hat die besten Anlagen, deshalb habe ich ihn mitgenommen. Sein Vater war einverstanden.«

Joseph stellte jetzt nicht die Frage, die ihm auf der Seele brannte. Die Frage danach, was sie vorhatte, warum sie nach Bagamoyo und zu ihm gekommen war.

»Für die Kinder war die Fahrt zu anstrengend. Sie wirken verwahrlost«, sagte er und rückte an seinem Teller.

»Sie sind völlig überdreht, vor allem die beiden Mädchen. Wenn wir ein paar Tage hier in Bagamoyo bleiben, werden sie sich beruhigen. Ich konnte sie nicht in Bukoba lassen, verstehst du? – Aber wir sollten von anderen Dingen reden«, sagte Friederike und widmete sich ihrem Essen. Joseph sah, dass sie mit Heißhunger aß, und beugte sich über seinen Teller. Er brachte in seiner Erregung kaum einen Bissen herunter und schob schließlich sein Gedeck zur Seite.

»Danke für diese Musik. Wer singt da so, als kenne er dich und mich?«, flüsterte sie und nahm seine Hand unter dem Tisch. Sie öffnete den Manschettenknopf seines linken Hemdärmels und ließ ihre Rechte an seinem Arm hochgleiten. Ihn durchfuhr ein Schauder, wie er ihn seit Jahren nicht mehr gespürt hatte.

»Eine Französin. Ich habe sie für dich ausgewählt«, sagte er mühsam.

»Hast du gewusst, dass ich heute kommen würde?«

»Nein.«

»Und warum bist du hier?«, fragte sie, als sei es ein Spiel mit Fragen und Antworten.

»Du hast es mir gesagt. Du würdest nach Bagamoyo kommen an einem ersten April. Ich bin jedes Jahr hier gewesen«, sagte er.

»Jedes Jahr bist du hierher gekommen? Habe ich das richtig verstanden?«, fragte sie, um seine Antwort auszukosten.

Er nickte.

»Ziemlich viel Aufwand für eine arme Missionarin, die nicht einmal besonders schön ist«, sagte sie, ohne zu lachen, ohne zu lächeln. Sie legte ihr Besteck beiseite. Ihr Mund war leicht geöffnet, ihre Gesichtszüge hatten sich verändert, wirkten beinahe hingebungsvoll.

Joseph schwieg.

»Hast du nicht verstanden, was ich gesagt habe?«, fragte sie heftig.

»Nein, du bist nicht schön. Aber ich bin deinetwegen immer noch in Afrika – und vielleicht deinetwegen auf der Welt«, sagte er und errötete wegen des Pathos, mit dem er seine Liebeserklärung vorgetragen hatte.

»Wie gehen die Geschäfte?«, fragte sie, als habe sie nicht zugehört.

»Ich brauche keine Geschäfte mehr, meine Liebe. Ich habe genug Geld. Wir könnten ein großartiges Leben führen. Ich habe ein altes Landhaus in Südengland gekauft, ein *cottage*. In Chatham. Sehr schöne Gegend.«

Er hatte es ohne Nachdruck gesagt, als gelte es, eine Belanglosigkeit ins Gespräch zu werfen. Doch er lauerte ungeduldig, ob sie eine Regung zeigte. Sie nahm eine von seinen Zigaretten und trank aus seinem Glas. Ihre Hand zitterte leicht und er war versucht, dieses Zittern in seinem Sinn zu deuten.

»Lass noch eine Flasche Champagner auf unser Zimmer bringen«, flüsterte sie und sah ihm verführerisch in die Augen, dass es ihm den Atem verschlug.

Er wusste, dass sie jetzt mit ihm schlafen wollte. Er vermutete, dass sie vielleicht andere Pläne hatte, als mit ihm nach Chatham zu ziehen. Er war unruhig, weil er es nicht wusste, und er spürte, wie sich sein Körper versteifte. Er stand auf, um sich zu recken, ohne dass es jemand bemerkte, winkte Fidelis und wies mit einer Hand auf den Champagnerkübel und in Richtung seines Zimmers.

Fidelis war noch immer aufgeregt vom Geschehen der letzten Stunde. Er hatte den Wunsch, mit anderen über diese Geschichte, die da vor seinen Augen passierte, zu reden, vielleicht die ganze Nacht lang. Eine solche Geschichte gab es eigentlich nur im Kino, in europäischen Filmen. Aber manchmal brachten die Weißen so etwas tatsächlich zustande, wie jetzt zum Beispiel.

Sie ist gekommen! Da fährt ein Auto vor und sie steigt aus! Niemand hat sie gekannt, aber alle wussten, dass sie es war. Und obwohl er sie nicht hatte sehen können, wusste er, dass sie angekommen war. Nach drei Jahren war sie gekommen! Der Mann hat nicht vergeblich gewartet. Er wusste sehr genau, was er tat. Jawohl! Der Mann hat jedes Jahr, immer wieder, geduldig eine Nacht lang einsam hier gewartet, es war nicht vergeblich! Er hat sein Herz nicht niedergelegt. Vielleicht würde ja alles ein gutes Ende nehmen. Das hoffte Fidelis mit seinem einfältigen Gemüt und seinem freundlichen Herzen. Aber zugleich wusste er, dass die Lebensdramen der Weißen nicht immer gut ausgingen, dass ihr Denken anders war als seines, vielleicht sogar ihre Gefühle. Über dieses Thema hatte er schon oft nachgedacht und grübelte auch heute die halbe Nacht, während die beiden in ihren schönen Räumen verschwunden waren und er jede Stunde die Musik noch einmal auflegte.

Niemand wagte es, an den Fenstern zu lauschen. Und niemand hörte das Flüstern der Liebenden, als sie ihm im Dunkel der Nacht sagte, sie würde mit ihm nach Chatham gehen.

Mit den Kindern, wenn er das wolle. Man könne sie aber auch in ein Kinderheim der Mission stecken, dazu sei die Missionsgesellschaft verpflichtet.

Glücklich wachte Joseph Pollock bis zum Morgengrauen. Beim Frühstück beschlossen sie, wegen der Kinder, die schwere Zeiten hinter sich hatten, noch eine Woche lang in Bagamoyo zu bleiben.

Simon Kamata fuhr mit einem Taxi nach Dar es Salaam zurück. Er sollte ihre Flugtickets nach Europa organisieren und alles für die Ausreise der beiden Tansanier, Temeo und Marietta, vorbereiten, Pässe und Visa besorgen.

Bagamoyo war ein guter Ort für die Kinder. Sie verbrachten die Tage am Strand, auf den Märkten, in alten geheimnisvollen Gemäuern und am Swimmingpool des Hotels. Sie gewöhnten sich schnell an den vornehmen Engländer mit dem kurz geschnittenen dunklen Bart, den sie *uncle Joseph* nannten – und zu dem sie bald Vertrauen fassten. Temeo war wie ein engelhafter Schatten immer an ihrer Seite.

Frühlingsgewitter

Die schwere Maschine der *Emirates* war schon im Anflug auf Frankfurt, als Joseph leise fragte:

»Warum hast du dich entschieden, deine Zelte in Bukoba abzubrechen?«

Friederike überlegte einen Augenblick und sah in die weißen Wolkenberge vor ihren Fenstern.

»Mein Vertrag war abgelaufen«, sagte sie leichthin. Joseph glaubte ihr nicht und wartete.

»War das der einzige Grund?«, fragte er schließlich.

Sie antwortete nach einigem Zögern, als sei es ihr lästig, daran zu denken.

»Ich war müde geworden. Alles hatte sich verändert. Weißt du, die Intensität, mit der ich gearbeitet habe, hätte ich vermutlich nur noch zwei oder drei Jahre durchhalten können. Mario sagte immer, wenn wir Europäer in Afrika arbeiten, sollten wir das unauffällig und bescheiden tun und nicht dauernd die Leute aufschrecken; ganz gelassen, ganz ruhig, wie er es immer getan hat. Das war nicht so sehr meine Sache, verstehst du?«

»Ist das alles?«, fragte er.

Wieder überlegte sie einen Moment lang, dann nahm sie seine Hand.

»Außerdem hatte ich Heimweh! – Auch nach dir! Wie sehr ich mich nach dir gesehnt habe ...!«

Sie grübelte, als habe sie etwas vergessen, dann drückte sie sich dicht an ihn.

»Können wir ein Auto mieten und auf dem Landweg nach Ludwigslust fahren? Ich möchte die Kinder dort lassen und dann meine Familie besuchen. Ich schulde meinem alten Freund Hermann Grohmeyer noch etwas; ich habe dir von ihm erzählt. Erinnerst du dich?«

Pollock schwieg. Ich werde auch das noch durchstehen, dachte er und schloss die Augen.

»Es dauert nur ein paar Tage. Dann reisen wir nach England weiter. Bitte, Joss!«

Joseph nickte. Die Maschine zog noch eine Schleife über Frankfurt.

Die beiden Mädchen waren aus ihrem Schlaf erwacht und wickelten sich aus ihren Wolldecken. Fred blätterte in einem Comic-Heft. Alle Passagiere schnallten sich an. Temeo überwachte wie immer alles, was die Kinder anging. Die Maschine setzte sanft auf. Aus dem Lautsprecher kam leise Musik.

Mit einem großen Reisewagen, den sie am Flughafen gemietet hatten und den sie in jeder Stadt zurückgeben konnten, fuhren sie durch den anbrechenden Frühling. Joseph hatte eine CD mit klassischen Klavierkonzerten aufgelegt und sie genossen nach den Jahren in den verbrannten Steppen und staubigen ärmlichen Dörfern jede grüne Wiese, jeden blühenden Apfelbaum, jedes wohlbestellte Feld, als seien sie auf einer Entdeckungsreise. Es war schon warm für diese Jahreszeit und die Sonne schien während ihrer Fahrt.

Die Kinder und Temeo, so planten sie, sollten für ein paar Tage in der Missionsanstalt bleiben, damit Friederike in Ruhe ihre Angelegenheiten würde erledigen können. Temeo wehrte sich mit Händen und Füßen.

»Ich gehe ohne Mama Frida nirgendwohin«, sagte er störrisch und war selbst den strengen Verweisen und Argumenten Friederikes nicht zugänglich. Schließlich willigten sie ein, ihn mitzunehmen. Fred Kindermann und die beiden Mädchen Corvina und Marietta machten keine Schwierigkeiten. Sie waren es gewohnt, sich schnell bei fremden Menschen einzuleben.

Auf der Fahrt von Ludwigslust in den Landkreis Lüchow-Dannenberg hockte Temeo stumm hinten im Wagen. Friederike saß am Steuer. Joseph war nie in diesem Land gewesen, es interessierte ihn auch nur, weil die geliebte Frau an seiner Seite von hier stammte.

»Erzähl mir von deiner Familie!«, forderte er sie auf.

»Was willst du wissen? Bei uns gab es keine Bankiers und reiche Verlegerinnen«, sagte sie.

»Erzähl nur. Ich will alles wissen, was mit dir zu tun hat, Liebste.«

»Die Familie Ganse hat immer in einem Ort namens Marlin gelebt, solange ich zurückdenken kann oder es in den Papieren steht.«

Joseph unterbrach sie. »Hat der Name Marlin mit dem Zauberer Merlin zu tun?«

»Das weiß ich nicht«, erwiderte sie. »Alle meine Vorfahren waren Bauern oder Landarbeiter, ausnahmslos. Der Hof Nr. 3 in Marlin war der Mittelpunkt unseres Lebens, über Hunderte von Jahren. Im 19. Jahrhundert kam es zu ziemlich wilden Vorfällen, zu Streitigkeiten, Mordversuchen, Trinkgelagen und Kartenspiel, durch das zeitweise der Hof verloren ging.

Noch mein Vater Wilhelm musste als Knecht bei Bauern in Kussebode arbeiten. Während der Kartoffelernte traf er eine junge Frau aus Corvin. Sie war die fünfte Tochter eines Pferdehändlers, der ein rechter Faulpelz gewesen sein soll. Sie aber war ungewöhnlich intelligent und tatkräftig. Sie heirateten und meine Mutter bestand darauf, einen eigenen Hof zu kaufen. Obwohl sie kein Geld hatten. Wie es das Schicksal so fügte, stand inzwischen unser alter Hof in Marlin zum Verkauf. Die beiden erwarben mit Krediten das recht heruntergekommene Anwesen. Das Haus war nicht unterkellert, Scheune und Schweineställe waren kaum mehr als baufällige Schuppen, und ein Stück Wald gehörte auch nicht dazu, wie es damals im Wendland üblich war. Sie bekamen drei Töchter und einen Sohn.

Da mein Bruder sich mit seinen Eltern überwarf und sich erst kurz vor seiner Ausreise als Missionar nach Afrika wieder meldete, erbte meine älteste Schwester Wilhelmine den Hof. Sie heiratete einen Mann aus Zeetze. Er war für die Familie in jeder Beziehung ein Glücksfall. Nicht nur weil er ein ausgeglichener Charakter, guter Bauer und gelernter Maurer war. Er war auch geschickt und baute mit eigener Hand Scheune und Ställe und sorgte dafür, dass man an Winterabenden in der Wohnstube sitzen konnte, ohne zu erfrieren. Er riss den Fußboden auf und holte zwanzig Fuhren Tannennadeln aus dem Wald, um das Haus vernünftig zu isolieren.«

Joseph unterbrach sie. »Hast du deinen Bruder eigentlich in Afrika getroffen? Wo steckt er da?«

»Am Tanganjikasee in der Nähe von Kigoma. Als ich endlich ein Auto hatte, habe ich ihn und seine Familie besucht. Ich bin aber nach einer Woche wieder zurück nach Bukoba gefahren. Die Missionsgesellschaft hatte mir vorgeschlagen, für immer auf seiner Station zu bleiben und dort zu arbeiten, aber das wollte ich auf keinen Fall! Meine dauernde Gegenwart hätte das Familienleben meines Bruders ganz sicher belastet.«

Friederike hielt den Wagen in Lüchow in einer Seitenstraße neben dem Hotel *Ratskeller*. Joseph bat sie mit einer Handbewegung, noch sitzen zu bleiben.

»Und Mario Kindermann?«, fragte er.

»Er kam aus dem Westerwald und gehörte eigentlich zu den Herrnhutern, die ihn nach Südamerika schicken wollten. Aber er wollte unbedingt nach Afrika, deshalb ist er für die Ludwigsluster Mission nach Tansania gegangen. Die Herrnhuter, musst du wissen, sind so ziemlich die einzige protestantische Gruppe, die nichts gegen Sinnlichkeit und Körperlichkeit hat. Und dementsprechend hat mein lieber Mario gelebt. Er hat es manchmal übertrieben, finde ich.« Sie lachte, als habe sie einen Witz erzählt, und griff zur Wagentür. Joseph ging stoisch über ihre Bemerkung hinweg.

»Einen Augenblick noch, Friederike! Hat Mario Familienangehörige? Das wäre doch wichtig zu wissen wegen Fred, meine ich«, sagte er.

»Die Beziehung zu seinen Eltern, die eigentlich noch leben könnten, hat er genau an seinem achtzehnten Geburtstag abgebrochen, obwohl das sehr fromme Menschen waren. Stell dir vor: An diesem Tag haben sie Mario ins Wohnzimmer gerufen. ›Junge, setz dich hin und hör zu!‹ Sein Vater, ein wohlhabender Handwerkermeister, hatte ein paar dicke Kladden vor sich liegen und sagte: ›Hier haben wir von deinem ersten Lebenstag an aufgeschrieben, was du uns gekostet hast. Jeden Tag, jede Woche, jeden Monat, alles ist aufgezeichnet und du kannst es überprüfen. Aber du kannst uns gerne vertrauen, wir würden unseren einzigen Sohn ja nicht betrügen. Dein Essen war frei und die Hälfte aller Ausgaben für

Kleidung tragen wir auch, ebenso wie unsere Arbeitsleistung! Aber alles andere müssen wir dir leider berechnen. Die Summe beträgt einhundertvierundvierzigtausend Mark und siebzig Pfennige. Du musst uns das nicht auf einmal zurückzahlen, mein lieber Sohn. Du kannst es in Raten begleichen. Mit drei Prozent Zinsen für die Schuld. Aber du fängst sofort damit an, wenn du Geld verdienst! Haben wir uns verstanden?‹

Mario griff in seiner Überraschung zu einer der Kladden und schlug die erste Seite auf. Die einzige Eintragung am Tag seiner Geburt war der Kaufpreis für die Kladde: 0,89 DM. Da sprang er auf, verließ ohne ein Wort zu sagen das Haus und lief ein paar Stunden wie betäubt durch die Straßen seiner Heimatstadt. Später konnte er darüber lachen, aber es hat ihn doch für alle Zeiten verletzt. Er ist noch am Abend desselben Tages zum Vater eines Schulfreundes gegangen und hat ihn gebeten, ihm den Betrag zu leihen. Dieser Mann war empört, als er Marios Geschichte hörte – und hat ihm ohne alle Sicherheiten einen Scheck gegeben. Den hat Mario bei seinen Eltern kommentarlos in den Briefkasten geworfen – und hat sie nie wiedergesehen. – Bis kurz vor seinem Tod hat er monatlich einen Betrag von etwa fünfzig Euro nach Deutschland überwiesen.« Friederike lachte leise und nahm Josephs Hand.

»Als Mario mir die Geschichte erzählte, habe ich ein bisschen geweint vor Mitleid, und er hat mich getröstet ...« Wieder lachte sie. Dann stiegen sie aus und gingen auf den Hoteleingang zu.

Friederike öffnete die Tür und sprach im Dialekt ihrer Heimat mit den Wirtsleuten, so als sei sie hier zu Hause. Joseph hörte zum ersten Mal die weiche melodische Sprache, die plötzlich Friederikes Sprache war und, wie er fand, so gut zu ihr passte.

Sie hatten geplant, dass auch Temeo im Hotel wohnen sollte. Aber obwohl Friederike ihm heftig zuredete, weigerte er sich beharrlich zu bleiben. Schließlich gab Friederike nach und nahm den schwarzen Jungen mit auf den elterlichen Hof. Sie versprach, Joseph täglich im Hotel anzurufen und ihn spätestens in zehn Tagen abzuholen.

Sie blieb drei Tage und Nächte mit Temeo bei ihrer Familie in Marlin. Sie war an allem interessiert, was den Hof anging, was die Kinder in der Schule machten und wie sie vorankamen. Sie zeigte nicht nur den Kindern gegenüber eine Strenge, mit der niemand gerechnet hatte. Die Schulhefte wurden kontrolliert, ebenso die Haarschnitte und Kleidung. Friederike war selten zufrieden. Hinter ihrem Rücken machten sich Kinder und Erwachsene über ihre Pedanterie, die so gar nicht in die Familie passte, lustig. Aber sie half auch fleißig bei der Gartenernte und auf dem Feld, wo in diesen Frühlingstagen viel zu tun war, und sie gab ihrem Neffen einen Geldbetrag, weil ein Stück Wald zum Kauf ausgeschrieben war und er es auf diese Weise für den Hof erwerben konnte.

Wenn sie von Afrika erzählen sollte, schob sie alles auf später; man habe ja Zeit. Über den Termin ihrer Abreise und ihre weiteren Pläne gab sie nur hinhaltende Auskunft. Von Joseph Pollock erzählte sie niemandem.

Temeo saß meist mit einem Lehrbuch vor dem grünen Tor des Geräteschuppens unterhalb des Taubenschlages. Er benahm sich unauffällig. Wenn ihm Arbeiten aufgetragen wurden, erledigte er sie ohne zu murren. Er war zu allen freundlich und zuvorkommend, und trotz seines Schweigens, weil er kein deutsches Wort verstehen oder sprechen konnte, schloss man ihn ins Herz. Eine Zeit lang rätselten die Neffen und Nichten und auch Friederikes Schwestern, was es mit diesem Schwarzen auf sich haben könnte, den Friederike wie ein Mitbringsel angeschleppt hatte. Aber eine befriedigende Antwort erhielten sie auch auf diese Frage nicht. Er sei ihr *Boy*, sagte Friederike leichthin. Darunter konnte man sich auf dem Dorf im Wendland nichts Rechtes vorstellen.

Am Morgen des vierten Tages sagte Friederike, sie werde zu Hermann Grohmeyer fahren. Sie wisse noch nicht, wann sie zurückkommen werde. Sie stieg mit Temeo in den Wagen und fuhr davon.

Im Dörfchen Bausen parkte sie das Auto unter der großen Kastanie vor dem Eingang der Schmiede. Sie bedeutete Temeo im Auto zu warten, sie würde ihn später abholen. Sie zog sich, da ein kühler Wind wehte, eine Strickjacke an und ging mit verschränkten Armen durch das Tor auf den Hof. Der Geruch von Feuer und verbranntem Horn, der immer noch dem dunklen Schmiederaum anhaftete, war für sie heimatlich. Hermann machte sich gerade am Entenstall zu schaffen, als er das erfreute Winseln des Hofhundes hörte. Er ließ die Hacke, die er sich unter die Achsel geklemmt hatte, fallen, sah zum Hof und lief auf Friederike zu.

Ihre erste Umarmung nach zehn Jahren dauerte lange, sie war wortlos und versetzte Friederike in einen Zustand von Hilflosigkeit, wie einen Schwimmer, der unversehens in einen Strudel gerät. Sie hatte vor dieser Begegnung keinen Gedanken daran verschwendet, wie es sein würde. Sie war nervös und fühlte sich unvorbereitet. Sie gingen ins Haus, setzten sich an den Küchentisch und sahen sich an.

»Du bist grau geworden«, sagte sie.

»Und du bist noch schöner geworden«, erwiderte der Schmied und rutschte verlegen auf der Küchenbank hin und her.

»Ich bin gekommen, um dich zu besuchen. Ich würde gern ein paar Tage bei dir bleiben, wenn es dir recht ist. Dann muss ich mich um die Kinder kümmern.«

»Du hast Kinder?« Er sah sie an, als habe er nicht richtig verstanden.

»Mein verstorbener Mann hat einen Sohn, gemeinsam haben wir eine Tochter, und ein afrikanisches Mädchen, die kleine Marietta, haben wir adoptiert. Sie ist mit uns nach Deutschland gekommen.«

»Warum holst du sie nicht rein?«, fragte er.

»Sie sind in der Mission. Vorläufig«, sagte sie.

»Aber da ist jemand im Auto!«, erwiderte er und blickte durch das Küchenfenster zur Kastanie hinüber.

»Das ist Temeo, mein *Boy*. Der hilft mir, wann immer ich ihn brauche.«

»Ein Diener?«, fragte er beinahe ehrfurchtsvoll.

Sie schüttelte den Kopf. »Nein. Der Kerl soll in Deutschland oder England etwas lernen. Zuerst die Sprache, dann sehen wir weiter.«

»Wer ist *wir?«,* fragte Hermann und starrte auf die Tischplatte.

Sie schwieg, sie ging über seine Frage hinweg, als habe sie sie nicht gehört. Es wäre ihr schwer gefallen, so zu antworten, dass er sie verstand. Vielleicht wusste sie auch selbst die Antwort noch nicht.

Friederike blieb hier fünf Tage. Sie schlief mit Hermann im alten Ehebett seiner Eltern und sie berührten in ihren Gesprächen weder die Zukunft noch was aus ihnen werden sollte. Er sagte später, dies seien die glücklichsten Tage seines Lebens gewesen. Mehr erfuhr niemand von ihm.

Dann ging der fünfte Tag zu Ende, die Sonne neigte sich und im Südosten zog ein Gewitter auf. Insgeheim hatte Friederike beschlossen, am nächsten Morgen abzureisen.

Sie saßen an der von der Sonne gewärmten Mauer und sahen auf Wiesen und Felder, auf die blühenden Obstbäume hinter dem Weidezaun, nach Westen hin begrenzten die schon wieder grünen Eichen und der nahe Horizont ihren Blick. Zwischen den Apfelbäumen, vielleicht zwanzig Meter von ihnen entfernt, graste die Ziege und im Birnbaum lärmten ein paar Amseln. Sie tranken Tee, den Friederike aufgebrüht hatte. Hermann brauchte keine Hilfe beim Trinken, sein Vater hatte ihm einen Becher mit einem übergroßen Henkel angefertigt; er konnte den Stumpf seiner Linken durch die Schlaufe stecken. Eine ganze Reihe von Gerätschaften waren auf diese Weise für ihn handhabbar geworden, so dass er meist ohne fremde Hilfe zurechtkam und den eigenen Garten bestellen konnte.

Hermann hatte seinen rechten Armstumpf um Friederikes Schulter gelegt, sie schmiegte ihren Kopf an seine Seite, die Luft war warm, sie blickten in den dunkler werdenden Himmel von weichem Blau und die heraufziehende Finsternis. Erste Blitze zuckten, bald würde vermutlich Regen fallen.

»Es wird gleich regnen. Hol doch mal die Ziege rein, Friederike«, sagte Hermann und wies auf die Eisenkette, die am Tor zur Wiese hing. Da stand plötzlich Temeo vor ihnen und sagte, als habe er Hermanns Worte verstanden:

»Lass mich das machen, Mama Frida!«

Sie schüttelte den Kopf und erhob sich. »Die Ziege kennt

mich, Temeo. Sie ist ziemlich wild, sie würde sich von dir nicht einmal anfassen lassen. Es ist besser, wenn ich sie hole.«

»Bitte, Mama Frida!«, sagte er noch einmal heftig auf Kisuaheli. Aber sie antwortete mit einem strengen Blick, der ihn zurückweichen ließ. Sie nahm die Kette und hängte sie sich über die Schulter. Mit den leichten Schritten eines jungen Mädchens ging sie durch das Gatter und schloss es hinter sich. Als sie der Ziege näher kam, begann sie mit dem störrischen Tier zu sprechen, um es freundlich zu stimmen und es daran zu erinnern, dass sie sich ja von früher kannten. Von ferne hörte es sich an wie ein gemurmeltes Gebet.

Die Ziege hielt im Grasen inne und blickte Friederike ohne Anzeichen von Feindschaft entgegen.

Auf einmal fuhr ein Blitz vom Himmel, ein schwerer Donner folgte. Hermann dachte, Friederike sei gestolpert, und er sprang auf. Temeo stand schon neben ihm. Die Ziege hatte sich losgerissen und hing jammernd im Stacheldraht. Sie sahen, wie Friederikes Kleider brannten, und beide rannten wie um ihr Leben, rissen das Tor um, achteten nicht darauf, dass ihnen die Kleider zerrissen. Beide schrien unartikulierte Worte, brüllten ihr Entsetzen und ihre Angst in den Abend. Man soll sie im ganzen Dorf gehört haben.

Der Blitz war in die Kette um Friederikes Schulter eingeschlagen. Rot glühend hatte sie sich in ihren Körper gebrannt. Sie muss sofort tot gewesen sein, sagten später die Ärzte. Friederike lag wie gekreuzigt da, mit friedlichem Gesicht, und Hermann warf sich über sie, schlug mit seinen Armstümpfen auf das Gras ein. Temeo gab einen klagenden Laut von sich, wie das Heulen eines Steppenhundes. Als die Leute aus dem Dorf herbeigerannt kamen, aufgeschreckt von den Schreien, hatte schon der Regen begonnen. Hermann lag jetzt neben der toten Frau. Sein nasses Haar hing über sein Gesicht, die Augen waren geschlossen.

Die Ziege hatte sich befreit und war über den Hof ins Dorf gelaufen. Niemand achtete auf sie. Temeo saß gekrümmt am Stamm des Apfelbaumes, sein Gesicht in seinem Schoß verborgen.

Der Tod hatte einen Strich unter eine Lebensrechnung gezogen.

Jemand aus dem Dorf hatte die Polizei verständigt. Da man nicht genau sagen konnte, ob es ein Unfall war, folgte eine Untersuchung. Dass Friederike schwanger war, teilte man nur den nächsten Angehörigen mit. Und die schwiegen darüber.

Joseph Pollock erfuhr von dem Unglück durch einen blonden Studienrat vom Lüchower Gymnasium, der täglich mittags im *Ratskeller* sein Essen einnahm und mit dem Joseph schon am ersten Tag auf Englisch ins Gespräch gekommen war. Der Lehrer beantwortete gern die vielen Fragen des Engländers, er war erstaunt und erfreut über das ungewöhnliche Interesse des geheimnisvollen Ausländers an seiner Heimat.

Am Tag nach dem Unglück trafen sie sich wieder. Der Lehrer hielt eine Zeitung in der Hand.

»Hier sehen Sie, was in dieser wunderbaren Idylle passieren kann«, sagte er bedrückt, schlug das Blatt auf und zeigte auf ein unscharfes Schwarzweißfoto. »Soll ich übersetzen?«

Joseph Pollock wurde kreidebleich, mit einem Ächzen stand er auf und lief ohne ein Wort zu sagen hinaus. Durch das Fenster sah ihn der Lehrer verloren an der Ecke des Marktplatzes stehen, beide Hände vor das Gesicht geschlagen. Keiner der Passanten achtete auf Joseph Pollock. Nach einer Weile ging er gebückt davon. Er kam nach einer Viertelstunde zurück in den Gastraum, entschuldigte sich und sagte, die tote Frau dort auf dem Foto habe ihn an eine Bekannte erinnert, dieser Tod habe ihn furchtbar erschreckt.

▸»Was hast du wirklich empfunden, Joseph?«, fragte ich ihn und legte eine Hand auf seine Schulter. Wir standen an einem Teich in hohem feuchtem Gras. Auf der anderen Seite des Wassers kauerten stille Angler, der Himmel über uns war trübe. Zu meiner Überraschung – und Erleichterung – lachte Pollock.

»Mein erster Gedanke war, Gott habe ihr nun doch ihre gefälschten Papiere abgezeichnet und alles in Ordnung gebracht. Eine solche Deutung ihres Todes hätte Friederike gern gehört.«

»Wie hast du erfahren, dass sie schwanger war?«, fragte ich vorsichtig. Doch er war nicht verstört, weil ich das heikle Thema ansprach.

»Dieser Studienrat aus Lüchow hat alles für mich herausgefunden, was ich wissen wollte. Er war ja ahnungslos, was meine Beziehung zu Friederike anging. Ich bat ihn, die Ergebnisse der Untersuchung zu beschaffen, weil ich an Selbstmord dachte und alles genau erfahren wollte. Er fragte nicht nach dem Grund dafür, als ahnte er ein Geheimnis, das ihn nichts anging und das er deshalb respektieren würde. Seine Frau arbeitete bei der Tageszeitung dieser Region und kannte natürlich alle zuständigen Personen bei der Verwaltung und der Polizei. Für sie war es kein Problem, an die Informationen zu kommen.«

Ich schwieg. Er schwieg auch, wir gingen ein paar Schritte in Richtung seines Landhauses, denn es würde bald Regen geben.

»Ich weiß, was du denkst, Nick. Wir können ruhig darüber reden. Es ist gleichgültig, ob Friederike von mir schwanger war. So wie es auch gleichgültig ist, ob Corvina meine Tochter ist oder die Tochter von Mario Kindermann. Friederike war mit ihrer Liebe und mit allem, was sie war und hatte, großzügig. Also sollten wir auch großzügig sein. Ich habe diese Frau geliebt, und das ist Grund genug, mich um diese Kinder zu kümmern. Ob Friederike mich geliebt hat oder jemanden anderen – vielleicht keinen Mann lieben konnte oder alle Männer, oder nur Gott liebte – das ist nicht mehr meine Sorge. Wichtiger ist, dass sie sehr viel Liebe und Leidenschaft gekannt und gelebt hat. Schon damit hat sie die Welt bereichert, meinst du nicht? Ich hoffe, ich kann bald alle ihre Kinder nach England holen. Vielleicht auch diesen Burschen Temeo. Ich werde die Mission wissen lassen, dass er auf meine Kosten in England studieren kann, wenn er will; er muss diesen armen Leuten nicht zur Last fallen.«

Er schwieg einen Augenblick, lächelte und sagte:

»Friederike war sehr stolz auf ihre Familie. Und sie hatte allen Grund dazu. Ein wenig habe ich sie beneidet um ihre abenteuerlichen, aber doch stabilen Wurzeln.«

Der sacht fallende Regen, der jetzt einsetzte, störte uns nicht. Wir trugen Gummistiefel und auf den Köpfen breitkrempige Hüte. Wenn wir nach *Longstone Cot-*

tage zurückkämen, würde Helen den Tee fertig haben. Wir hatten uns schon verspätet.

»Joseph, hat Friederike dir jemals ihre Tagebücher zu lesen gegeben?«, fragte ich.

Er schüttelte den Kopf.

»Gesprochen haben wir darüber. Sie saß täglich ein bis zwei Stunden in Bagamoyo, um sie zu Ende zu bringen, immer wenn ich mit den Kindern am Strand war. Es seien Aufzeichnungen für ihre Familie, sagte sie mir.«

»Ich bin, ehrlich gesagt, von den Texten irritiert. Jetzt noch mehr als früher, als ich manches noch nicht wusste. Kein Wort über dich, kein Wort über Hermann Grohmeyer, kaum ein Wort über Mario und die drei Kinder, über Liebe oder Leidenschaft. Fast tausend Seiten Frömmigkeit hat sie uns hinterlassen.«

Joseph blickte in den Regenschleier.

»Das wundert mich nicht. Sie wollte wahrscheinlich ihre Lebensgeschichte für sich selbst neu erfinden und ihrer Familie ein bestimmtes Bild von sich vermitteln. Eines, das ein Vorbild sein könnte. Das macht doch fast jeder, der seine Autobiografie schreibt oder ausführliche Tagebücher hinterlässt.«

Er lachte fröhlich, schlug mir auf die Schulter und wir gingen mit schnellen Schritten auf *Longstone Cottage* zu.

Nicht alles gehört in die Öffentlichkeit

Fünf Monate nach meiner Rückkehr aus England, es war schon Frühling geworden, fuhr ich nach Ludwigslust, um das Manuskript abzuliefern. Ich hätte es auch mit der Post schicken können, aber das wollte ich auf keinen Fall riskieren. Ich hatte nämlich erhebliche Zweifel, wie man das, was ich anzubieten hatte, aufnehmen würde. Das Buch sollte in der Reihe »*Heiliges Leben – heute!*« erscheinen. Wenn ich nicht völlig falsch lag, war mein Manuskript nur bedingt für eine solche Buchreihe geeignet.

Den Gedanken schob ich schnell beiseite, denn ändern konnte ich jetzt, zwanzig Kilometer vor Ludwigslust, sowieso nichts mehr.

Ich fuhr sechzig Stundenkilometer auf der Landstraße, um noch über ein paar Dinge in Ruhe nachzudenken.

Was hatte mich an Friederikes Geschichte eigentlich so gefesselt?

Die Arbeit hatte mich gründlich von allen Grübeleien über den Tod meines Alten abgelenkt.

Aber warum dann die häufigen Gespräche über ihn mit Joseph Pollock?

Ja, er hatte mir die ganze Zeit über die Schulter geguckt.

Oder ich ihm!

Friederikes Leidenschaften, ihre Widersprüche, ihre Art von Frömmigkeit ähnelten seinen. Irgendwie konnte ich an meinen Vater jetzt viel gelassener denken und das Kapitel vielleicht ganz zu Ende bringen.

Das hieß aber auch, dass ich meine selbst gebastelten Vorstellungen von Liebe, Moral, Schicksal und Abenteuer einmotten konnte.

Ich kam mir vor wie ein kleiner Spießer, dem ein Licht aufgesteckt worden ist.

Diese Friederike *besaß* etwas! Sie hatte ihr Ding durchgezogen – wie mein Alter. Haben Grohmeyer und Pollock sie deshalb so besinnungslos geliebt? War das überhaupt Liebe gewesen – oder eher eine Art von Belagerung? Friederike musste verdammt viel Erpressung von diesen beiden Kerlen aushalten:

Der eine lässt sich scheiden und lungert jahrelang wie ein Hündchen vor ihrer Tür!

Der andere Typ steckt seine Hände in einen Starkstromkasten.

Was hat sie da geredet von Glaube und Liebe, die sich irgendwie bedingen?

Wer nicht lieben kann, kann auch nicht glauben. Das leuchtete mir irgendwie ein. Aber die Umkehrung wäre ziemlich fragwürdig, oder?

Einen Augenblick lang bedauerte ich sie und meinen Vater.

Bis mir plötzlich vor Augen stand, dass ich Teil der Geschichte war. Nur dass ich meinen Part noch nicht erkannt – und schon gar nicht übernommen hatte. Unwillkürlich trat ich vor lauter Schreck auf die Bremse und wäre fast im Straßengraben gelandet.

Ich bog von der Landstraße ab und fuhr auf einer holprigen Kopfsteinpflasterstraße auf Ludwigslust zu.

Schinsberg und Avemarie saßen mir gegenüber, genau wie bei der ersten Begegnung: am selben Tisch, im selben Raum und auf denselben Stühlen. Offensichtlich trugen sie dieselben schäbigen Anzüge mit den aufgenähten Lederstücken an den Ellbogen und Krawatten wie damals. Ich mochte sie richtig gern in diesem Augenblick. Es kam mir tröstlich vor, dass sich nicht alles auf der Welt dauernd änderte, und jetzt wartete ich gespannt, ob die Kaffeetante wieder die zerbröselten Kekse bringen würde.

Die beiden Missionare blickten mich neugierig und erwartungsvoll an, als ich nach der Begrüßung meine Aktentasche öffnete. Ich schob ihnen zuerst einmal die Tagebücher und die Monatsberichte der Kindermanns über den Tisch.

»Jetzt sind wir aber wirklich gespannt!«, sagte Avemarie, stapelte die Dokumente neben sich auf und zupfte an seiner Krawatte. Ich hatte mir auf der Herfahrt zwar zurechtgelegt, wie ich ihnen alles erklären würde, aber jetzt stotterte ich herum.

»Also, wissen Sie ... Ich habe Ihnen im Grunde zwei Manuskripte mitgebracht. Das eine ist, äh, die Fassung, über die wir gesprochen haben. Das andere ist ... mehr literarisch. Verstehen Sie?«

Mir schien, als würden sie nichts verstehen.

»Also, es gab im Leben der Friederike Ganse ein paar Ereignisse, die die Leser Ihrer Schriftenreihe vielleicht, äh, irritieren würden. Sehr private Dinge ...« Ich konnte es nicht ändern, ich spürte, dass ich rot wurde, und brachte wie ein Grundschüler nicht über die Lippen, was ich eigentlich meinte.

»Sie meinen ihre Liebesgeschichten?«, fragte Schinsberg, ohne dass er irgendeine Verlegenheit zeigte.

»In gewissem Sinne, ja. Also, ich habe zwei Fassungen mitgebracht. Ich bin da nämlich auf ein paar Geschichten gestoßen ...«

Ich stotterte immer noch herum, bis Schinsberg ruhig fragte:

»Sie meinen, wir sollten nur die frommen Seiten ihres Lebens veröffentlichen, Geschichten von ihren wohltätigen Werken?«

Ich zog meine Schultern hoch.

»Na ja, das müssen Sie entscheiden ...«, murmelte ich.

Die beiden Männer sahen mich ratlos an. Dann standen sie auf, stellten sich an das entfernteste Fenster und redeten leise miteinander. Zwischendurch blickten sie in die Manuskripte und zu mir herüber. Sie lachten sogar einmal. Während sie sich am Fenster unterhielten, hörte ich das Hämmern von Absätzen auf den Fliesen – und freute mich auf den Kaffee und die Kekse. Hier konnte man sich noch auf die gute alte Ordnung verlassen! Und tatsächlich, die grauhaarige Dame mit der Rüschenbluse (voller Rosen) betrat den Raum und stellte das Tablett vor mir ab.

Dann setzten sich die Herren wieder und Schinsberg ergriff das Wort:

»Also, Bruder Geldermann, hier haben Sie Ihren Scheck. Es ist sehr anerkennenswert, dass Sie so pünktlich abgeliefert haben. Und dass Sie sich so viel Mühe gegeben haben! – Eine Woche England sogar, das war sicher sehr interessant, aber auch teuer ... Wir lesen die Manuskripte jetzt und entscheiden dann. Wenn wir die Fassung nehmen, die Sie so feinsinnig *die literarische* genannt haben, kann es sein, dass das Buch nicht in unseren Missionsverlag passt ... Da haben Sie vielleicht Recht.«

Avemarie unterbrach ihn.

»Aber das ist nur eine Frage des Marketings, Bruder Geldermann«, sagte er.

»Wir sind hier ja nur die Theologen«, ergänzte Schinsberg.

Beim Hinausgehen, schon auf dem Flur, ergriff Schinsberg freundschaftlich meinen Arm und sagte:

»Also, hören Sie, Bruder Geldermann, Schwester Friederike war für uns ja kein unbeschriebenes Blatt! Hier im Seminar hatte sie ja auch ihre Geschichten ... Sie wissen schon! Ich will das jetzt nicht breittreten, man muss ja auch nicht alles an die Öffentlichkeit zerren, oder?«

Als wir auf dem Hof neben meinem Auto standen, spürte ich, dass ich mich jetzt nicht nur von den beiden fabelhaften Missionsmännern zu verabschieden hatte, sondern irgendwie auch von Friederike Ganse ... Es war ein Augenblick, der mich anrührte. So hätte ich fast vergessen, den beiden eine wichtige Frage zu stellen.

»Haben Sie schon entschieden, was mit Friederikes Kindern wird? Joseph Pollock hat mich sehr dringend gebeten, Sie zu fragen.«

»Ja, er hat uns geschrieben und ein großzügiges Angebot gemacht. Er hat auch Fotos von seinem *cottage* geschickt, alles sehr nobel. Wir werden zuerst einmal den Kontakt zu den alten Eltern von Mario Kindermann aufnehmen müssen. Wegen Fred und Corvina. Ohne die Kindermanns können wir keine Entscheidung treffen. Aber wir wissen nicht, was das Vorteilhafteste für die Kleinen ist. Wir würden die drei auch nicht gern auseinander reißen. Was meinen Sie denn, Bruder Geldermann?«

Sie sahen mich an, als hätte ich mich gerade um die Patenschaft für die Kinder beworben.

»Kindermanns Eltern sollten die Kleinen auf keinen Fall in die Finger kriegen«, sagte ich.

»Warum nicht? Sie sind doch die Großeltern!«, bemerkte Avemarie.

»Weil kein Segen darauf ruht, würde Schwester Friederike sagen. Lesen Sie selbst«, antwortete ich und zeigte auf die Manuskripte, die er unter seinen Arm geklemmt hatte.

Ich hatte nicht damit gerechnet, dass meine beiden neuen Freunde so viele Scherereien mit Friederikes Nachlass haben würden. So einfach, wie sich unsereins das Leben eines Missionars außerhalb des Dschungels und unter normalen Christenleuten vorstellt, ist es nicht. Aber ich konnte ihnen nicht dabei helfen.

Ich gab meinen beiden Partnern die Hand, dann stieg ich in den Wagen und fuhr los.

Ich verließ Ludwigslust in Richtung Autobahn. Vor der Auffahrt zögerte ich einen Augenblick und bog dann auf die Landstraße ab, in Richtung Westen. Es wäre gut, jetzt noch einmal durch das Wendland zu fahren, wo alles angefangen hat. Die Zeit wollte ich mir nehmen, Friederike ein letztes Mal zuzuwinken.

Inzwischen müsste der von Pollock bestellte Grabstein aufgestellt sein, überlegte ich.

Neben einer Telefonzelle in Clenze hielt ich und rief Anneliese vom Ganse-Hof an. Ich käme gerade aus Ludwigslust, ob ich auf eine Tasse Kaffee vorbeikommen dürfe. Sie schien sich darüber zu freuen und sagte mir, ich sei immer willkommen.

Während des Telefonierens sah ich auf der gegenüberliegenden Straßenseite ein Geschäft mit dem bemerkenswerten Namen *Blumen-Paradies Krausnick*. Ich kaufte einen Strauß Frühlingsblumen für Anneliese und einen weiteren für Friederikes letzte Ruhestätte. Dann machte ich mich auf den Weg.

Der Autor dankt

Rudolf Blauth (www.bagamoyo.com), Werner Blauth, Anneliese Gießelmann, Karl Otto Mühl, Dr. Abel deNego K, Cyprian Tirumanywa, Frank Beier, Carla Tophof und Luise Steinwachs (www.tanzania-network.de) für Informationen und Hinweise.

1 2 3 07 06 05

Umschlag: Kerstin Schürmann unter Verwendung zweier Fotos von getty images und Thomas Frister
Lektorat: Ulrike Schuldes
Satz: Dörlemann Satz, Lemförde
Lithografie: Die Druckmeister, Norderstedt
Druck und Bindung: GGP Media GmbH, Pößneck
ISBN 10: 3-551-58151-7
ISBN 13: 978-3-551-58151-8
Printed in Germany

Der verlorene Vater

Hermann Schulz
Zurück nach Kilimatinde
240 Seiten
Gebunden
mit Schutzumschlag
ISBN 3-551-58117-7

Nick besucht seinen Vater in Afrika. Fast sechzehn Jahre lang hat er nichts mehr von ihm gehört. Für ihn ist es eine Reise in die eigene Vergangenheit, in ein Land, das er nur aus seiner Kindheit kennt. Doch er findet seinen Vater als gebrochenen Mann, den fast alle Welt verlassen hat. Fünf Nächte lang redet und streitet Nick mit diesem Mann, der von einem Krebsleiden gezeichnet am Rande des Lebens steht. Nach dieser Begegnung ist für Nick nichts mehr so, wie es war ...

CARLSEN

www.carlsen.de